ESSAIS
POÉTIQUES

D'UN

VIEILLARD

A. Ménard

POITIERS

TYPOGRAPHIE DE A. DUPRÉ

RUE DE LA PRÉFECTURE

—

1877

ESSAIS POÉTIQUES

D'UN VIEILLARD

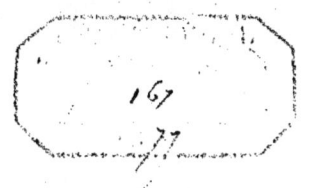

ESSAIS
POÉTIQUES
D'UN VIEILLARD

A. Ménard

POITIERS
TYPOGRAPHIE DE A. DUPRÉ
RUE DE LA PRÉFECTURE
—
1877

AVANT-PROPOS.

La plus grande partie de ma vie, déjà longue, car me voilà à la fin de ma quatre-vingtième année, a été consacrée à l'éducation et à l'instruction de la jeunesse, puis à des études littéraires, historiques, géographiques, archéologiques. Au milieu de ces occupations sérieuses, la versification, je n'oserais dire la poésie, s'est fait une assez large place, surtout dans ces derniers vingt ans, où je n'avais plus de travaux obligés. Je ne regrette point le temps que j'ai donné à ces faibles essais, car il me semble qu'ils ont contribué à élever mon esprit et mon cœur. Je le regretterais moins encore, s'ils pouvaient, si peu que ce fût, produire sur d'autres le même effet que moi.

A. MÉNARD,

Ancien proviseur du Lycée de Poitiers (1839-1850),
l'un des fondateurs, en 1834,
de la Société des Antiquaires de l'Ouest.

Poitiers, octobre 1877.

TABLE.

———

	Pages.
Profession de foi littéraire................................	9

CHRONIQUES ET LÉGENDES POITEVINES.

La Tour de Béruges............................	15
La Fée de Béruges.....	27
Mélusine.................................	29
La Fosse du Beau Roi........................	37
La Fontaine de Fontjoise....................	42
La Source de Fleury.................	45

FABLES ET CONTES.

La Cigale et la Fourmi...........................	49
Le Bœuf et le Chevreau.........................	54
Le Serpent et le Héron...........................	57
Le Cactus et le Réséda.........................	59
Les Dangers d'un poulailler.....................	61
La Sécession au chenil.........................	71
Minette...	84
Bibi...	91
Bibi et Minette..................................	92

PIÈCES DIVERSES.

Mon soixante-seizième anniversaire....................	95
La Comète de juillet 1871..........................	99
L'Ange gardien..................................	101
Le Chèvrefeuille.................................	104
Ce que l'on voit de ma fenêtre...................	106
Ma Vieille Table................................	108
Ma Pendule......................................	111
La Danse des atomes.............................	114
Les Hirondelles.........	117
Le Coucher du soleil après la pluie....................	120
Départ pour la campagne à la fin d'avril...............	122

	Pages.
La Fin de mai à la campagne	125
Le Jardin de Lépine	127
Quelques hôtes du jardin de Lépine	129
Le Château des amis	132
Le Mois d'octobre 1876	135
Fin de 1876, commencement de 1877	137
Une Chasse dans l'Inde	140
Faits mémorables de quelques princesses chrétiennes	146
La Jeune Fille et la Fillette	151
Mettray	161

TRADUCTIONS ET IMITATIONS.

Iphigénie en Tauride	173
Penthésilée	193
Céphale et Procris	200
L'Aigle et le Renard	205
Ode III du premier livre d'Horace	207
Ode XIII	210
Ode XIX	213
Ode XXXI	215
Ode XIII du deuxième livre	217
Ode V du troisième livre	220
Ode VI du quatrième livre	223
Une Chasse de Diane	225
Damétas et Milon	229
La Chanson du rossignol	232
La Cabane sur le lac	243

SUJETS RELIGIEUX.

Imitation du psaume 138	251
Hymne du renouvellement de l'année	255
La Fête des Rameaux	257
La Fête-Dieu	260
Hymnes de saint Pierre et saint Paul	266
Hymnes de saint Hilaire	269
Hymnes des heures canoniales	273

FIN DE LA TABLE.

PROFESSION DE FOI LITTÉRAIRE.

Le vieillard, par Horace et Boileau retracé,
Toujours plaint le présent et vante le passé.
Je n'ai point, grâce à Dieu, cette triste manie ;
Et quoique bientôt près du terme de ma vie,
Car mon seizième lustre incline vers sa fin,
Je tiens à me garder de cet esprit chagrin.
Je l'avoue aisément, plus d'une œuvre éclatante,
Même de notre temps, mérite qu'on la vante.
Je ne suis point du tout censeur de parti pris ;
Partout au bon, au beau vivement j'applaudis.
Mais quand je vois pourtant et prose et poésie
Repousser toute règle auparavant suivie,
Et de dessein formé courir tous les hasards,
Mon esprit, fatigué de leurs fougueux écarts,
Sur le bon vieux passé volontiers se repose.
Par un pareil aveu je sais que je m'expose
Au superbe dédain de ces réformateurs
D'Athènes et de Rome, orgueilleux détracteurs,
Qui, poussés follement d'un sentiment contraire,
Ont proscrit ces auteurs que le monde révère,
A leurs imitateurs ont ensuité insulté,
Et d'un ton arrogant ont maintes fois traité,
En dépit des lauriers qui leur couvrent la nuque,
Racine en polisson, Despréaux en perruque.

1

« Pourquoi donc, ont-ils dit, aller servilement
» Dans les chemins battus se traîner constamment?
» Pourquoi ne pas oser vers des plages nouvelles,
» D'un vol libre et hardi tourner enfin nos ailes ?
» Le génie est-il fait pour recevoir la loi,
» Et doit-il donc avoir d'autre maître que soi?
» Emprisonné pendant de trop longues années
» Dans le cercle étouffant de règles surannées,
» Vers l'horizon sans borne il s'élance aujourd'hui,
» Et ne veut désormais relever que de lui. »
    Ainsi dit, ainsi fait. Pleins d'une aveugle audace,
Et tournant tous le dos à l'antique Parnasse,
Nos fiers réformateurs soudain de tous côtés
En quête du nouveau se sont précipités.
Dans le ciel, dans l'enfer, sur la terre ou sur l'onde,
Il leur fallait du neuf, n'en fût-il plus au monde.

    Je conviens, il est vrai, que de l'antiquité
Nos classiques avaient largement abusé.
De dix siècles pesants secouant la poussière,
Et même en ne montrant de sa beauté première
Que quelques traits heureux encor demi-voilés,
Quand elle reparut aux regards étonnés,
Les esprits enchantés, en la voyant si belle,
Soudain avec transport se tournèrent vers elle.
Mais tout ce que l'on outre a de fâcheux effets ;
Aussi naquit bientôt un ridicule excès.
Les dieux et les héros de la mythologie
Envahirent si bien et prose et poésie,
Que l'on put croire, même en des sujets chrétiens,
Qu'écrivains et lecteurs étaient encor païens.
Avouons-le pourtant, ces antiques modèles
Se présentaient du moins sous des formes bien belles,
Sous des traits imposants, nobles, majestueux,

Mais quelquefois aussi par trop voluptueux.
On sent qu'en éclosant de la tête d'Homère,
Ils naissaient sous un ciel inondé de lumière,
Près d'une mer d'azur, sur des bords fortunés.
Mais par qui, juste ciel! les a-t-on remplacés ?
Par des monstres affreux : les spectres, les fantômes,
Les sorcières, les djinns (1), les vampires, les gnomes.
On a pris, pour créer un nouveau merveilleux,
Tout ce que l'univers offre de plus hideux ;
Car tout en prétendant, dans leur libre manie,
N'obéir désormais qu'aux élans du génie,
On a vu bien souvent nos plus fiers novateurs
N'être encore après tout qu'humbles imitateurs,
Scrutant, la plume en main, l'Orient, l'Allemagne,
Les royaumes du Nord, l'Angleterre, l'Espagne,
Et dans leurs écrivains ou leurs traditions
Puisant à pleines mains leurs inspirations.

Encore si la source en était toujours pure !
Mais combien ils sont loin de la belle nature
Tous ces types nouveaux qu'on nous a présentés,
Qui veulent être grands et ne sont que guindés,
Ou bien qu'à leurs regards et leurs visages sombres
On croirait échappés du royaume des ombres.
Car depuis que, frappé d'un incurable ennui,
Qui trop réellement pesait toujours sur lui,
Un homme dont le monde admire le génie (2)
A vanté les douceurs de la mélancolie,
Le peuple imitateur, se jetant dans le noir,
A feint, pour se grandir, un constant désespoir;
On a vu nos viveurs perdus dans les nuages,

(1) Esprits malfaisants de l'Inde.
(2) Chateaubriand.

N'y cherchant, n'y trouvant que de vagues images,
Du vieil esprit français démentir la clarté
Et ternir le renom qu'il avait mérité !
Le bon sens, indigné de cette bouffissure,
Contre elle enfin s'arma de la caricature
Et nous représenta certain auteur fameux (1)
Qui, perché sur le haut d'un rocher sourcilleux,
Plonge dans l'encrier de la sombre nuée
De l'inspiration la plume échevelée.

  Mais peut-être on dira : pourquoi tant de souci?
Tout cela vaut-il donc qu'on s'en occupe ainsi ?
De tels ou tels auteurs qu'importe le caprice?
Le bon sens tôt ou tard en fera bien justice.
  Je l'espère... En effet, combien d'écrits vantés
Déjà sont et dûment à peu près enterrés !
Mais comptez-vous pour rien le mal qu'ils ont pu faire?
Ce mal, croyez-le bien, n'est point imaginaire,
Car l'esprit trop souvent réagit sur le cœur.
Lorsque l'un du bon goût perd le fil conducteur,
L'autre presque toujours fait aussi fausse route.
Les exemples fameux ne manquent pas sans doute;
On n'en trouve que trop en tous lieux, en tous temps;
Mais je me borne à ceux qui nous sont plus présents.
Presque tous les auteurs du siècle littéraire
Que Louis a marqué d'un royal caractère
Offrent dans leurs écrits et noblesse et clarté,
Comme aussi dans leurs mœurs sagesse et dignité;
Même le plus souvent on lit sur leurs visages
La tranquille grandeur qui brille en leurs ouvrages.
Des auteurs de nos jours, oh ! combien les portraits,
Pour le moral surtout, présentent d'autres traits!

(1) D'Arlincourt.

Combien d'eux, emportés par leur libre manie,
Pas mieux que leurs écrits n'ont su régler leur vie !
Quels désordres honteux, quels douloureux écarts
Sont venus maintes fois affliger nos regards !
Aussi, par contre-coup, quelle littérature
Partout a découlé de cette source impure,
Et combien trop souvent ces dangereux écrits
Ont vicié les cœurs en faussant les esprits !

Aussi, pour maintenir notre belle patrie
Dans le rang glorieux conquis par son génie,
Fuyons du mauvais goût les poisons corrupteurs,
Retrempons nos esprits en retrempant nos cœurs ;
Étudions toujours les plus nobles modèles,
Et sachons en tirer, sous des formes nouvelles,
Des écrits dont le nom restera respecté,
S'ils joignent le talent à la moralité.

CHRONIQUES ET LÉGENDES POITEVINES.

LA TOUR DE BÉRUGES (1),

Épisode des guerres de saint Louis en 1242.

Au dessus des grands bois dont il est entouré,
  Levant encor son front superbe,
   Voyez ce donjon mutilé
Dont les débris épars gisent au loin sur l'herbe.
Depuis longtemps déjà croulant de toutes parts,
   La masse de ses fiers remparts,
Recouverts lentement par la mousse et le lierre,
  Aujourd'hui présente aux regards
   L'aspect d'une montagne entière.
Sur sa base de roc largement affermi,
Du temps lui-même il eût défié la puissance;
   Mais un plus terrible ennemi,
L'orgueil, a provoqué cette ruine immense.

(1) La tour de Béruges est à près de trois lieues à l'ouest de Poitiers. Les faits exposés dans le récit poétique qui va suivre sont tous con-formes à la vérité historique. Seulement on a transporté au siége de Béruges un acte de générosité accompli par saint Louis à celui de Frontenay, aujourd'hui gros bourg des Deux-Sèvres.

Jadis flottait sur les créneaux
D'Hugues de Lusignan la bannière éclatante (1),
     Et des chevaliers, ses vassaux,
     Brillait l'armure étincelante.
     Comptant sur sa propre valeur,
     Surtout sur sa vaste puissance,
     Lusignan, dans le fond du cœur,
     Aspirait à l'indépendance.
Sans cesse en outre il était excité
     Par son épouse, encor si fière
     Du noble sceptre d'Angleterre
     Que seize ans elle avait porté.
     Fille du comte d'Angoulème,
Puissant par ses États, fameux par ses hauts faits,
     A quinze ans célèbre elle-même
     Par les plus séduisants attraits,
Isabelle avait vu les princes, la noblesse
     A l'envi disputer son cœur ;
Mais l'heureux Lusignan avait, par sa tendresse,
     De le fixer seul mérité l'honneur.
Déjà pour leur hymen l'église était parée,
Pour eux allait briller le moment du bonheur,
Quand soudain, au milieu de la pompe sacrée,
     Fond un perfide ravisseur :
     C'était ce Jean (2) qu'Albion indignée
Place à bon droit au rang de ses plus mauvais rois,
Et dont l'âme sans frein, au crime accoutumée,
     Se jouait des plus saintes lois.
Isabelle, par lui brusquement enlevée (3)

---

(1) L'écusson des seigneurs de Lusignan était *burelé de dix pièces d'argent et d'azur*, c'est-à-dire rayé de cinq bandes blanches et cinq bleues. Les Lusignan de Chypre y ajoutaient sur le tout un lion *de gueules*, c'est-à-dire rouge.
(2) Jean Sans-Terre.
(3) Selon d'autres récits, c'est dans une partie de chasse qu'elle

A son futur époux, à ses parents en pleurs,
        S'en était depuis consolée
        Au sein des royales grandeurs.
Mais depuis qu'une mort par le chagrin hâtée
Avait de son époux terminé le destin,
        Elle avait accordé sa main
Au fils du Lusignan, qui l'avait fiancée.
En vain elle avait cru, dans le sein des amours,
        Trouver l'oubli de sa grandeur déchue ;
Mais depuis que du trône elle était descendue,
        Elle le regrettait toujours.

A conquérir un rang digne de son lignage,
        . L'ambitieuse, tous les jours,
De son époux excitait le courage,
        Lorsque tout à coup un message
        D'Alphonse, comte de Poitiers,
        Vient encor aigrir davantage
        L'orgueil de ces esprits altiers.
Le nouveau suzerain leur réclamait l'hommage
        Prescrit à tous par les droits féodaux,
        Et les femmes de ses vassaux
        Devaient aussi venir à son épouse,
        La noble Jeanne de Toulouse,
        Rendre des hommages égaux.

Pour le fier Lusignan quel affreux coup de foudre !
Dans ce cas périlleux que faire, que résoudre ?
Devant son suzerain doit-il s'humilier?
Doit-il, seul entre tous, refuser de plier
Et, le fer à la main, tenter la résistance ?

---

avait été enlevée; selon d'autres, elle avait été fiancée par son père,
Aymar Taillefer, à Hugues IX de Lusignan, puis retirée à celui-ci et
mariée à Jean Sans-Terre.

Mais, déjà plus puissant que lui,
Le comte en outre a pour appui
   Son frère ainé, le roi de France,
Ce neuvième Louis dont les hautes vertus,
De ses ennemis même excitent la surprise,
   Et que bientôt après l'Église
Doit mettre avec éclat au nombre des élus.
   A peine sorti de l'enfance,
Déjà des révoltés il a puni l'orgueil ;
L'affronter aujourd'hui dans sa toute-puissance,
C'est aller sans espoir donner sur un écueil.
Lusignan cède enfin, et ce fatal hommage
Il va le rendre seul , en comprimant sa rage.
Mais, hélas ! au retour, quel accueil insultant
Lui garde d'Isabeau le mépris outrageant !

« Eh bien ! humble vassal, de votre nouveau maitre
Que me rapportez-vous ? Qu'a-t-il dit ? qu'a-t-il fait ?
   Certe il a dû se montrer satisfait
Quand au pied de son trône il vous a vu paraître.
   Comme, en effet, il faisait beau vous voir,
     Sans éperons et sans épée,
     La main entre ses mains placée,
Jurer de reconnaitre à jamais son pouvoir!
Désormais donc, soumis à votre destinée,
Vous-même d'un rival maintenez bien les droits,
C'est là votre devoir; Isabelle indignée
     Saura se faire d'autres lois.
     Jamais, femme et mère de rois,
     Non jamais la *comtesse-reine*
     N'ira devant la Toulousaine
     Lâchement fléchir les genoux.
Un tel abaissement peut être bon pour vous ;
Mais moi qui me souviens que je fus souveraine,

Je garde une âme plus hautaine
Que mon pusillanime époux.
Faut-il donc rappeler tous nos motifs de haine?
Après de notre fille avoir brigué la main,
Ce lâche Alphonse dans Toulouse
N'a-t-il donc pas été chercher cette autre épouse
Dont il nous faut essuyer le dédain?
Et lui-même à présent serait-il suzerain
Si, par une sentence injuste,
Son aïeul (1), qu'on a décoré
Si faussement du nom d'Auguste,
A mon époux infortuné
N'eût enlevé cette belle province
Dont mon fils (2), que l'Anglais reconnait pour son roi,
Aujourd'hui serait le seul prince,
Et sans regret alors nous subirions la loi.
Ah! si vous sentiez comme moi,
Vous ne terniriez plus le noble éclat dont brille
Jusque dans l'Orient votre illustre famille,
Et ne donneriez point un honteux démenti
Au sang de ces héros dont vous êtes sorti.
L'un (3) dans Jérusalem a ceint le diadème;
Après lui, trois dans Chypre ont eu le rang suprème (4).
Au trône parvenus, votre oncle, vos neveux
Montrent comment on peut y parvenir comme eux.
Tomber en y montant, c'est tomber avec gloire.
Mais on peut à bon droit compter sur la victoire:
Nos nombreux alliés et nos propres États
En foule donneraient de valeureux soldats;
Et, par un prompt effort, la puissante Angleterre
Fixerait d'un seul coup le destin de la guerre.

(1) Philippe-Auguste.
(2) Henri III d'Angleterre.
(3) Guy de Lusignan, roi de Jérusalem, puis de Chypre.
(4) Amaury, Hugues Ier, Henri Ier, rois de Chypre.

Bientôt, si vous l'osiez, vous verriez devant vous
Tomber vos ennemis frappés de tant de coups.
Oh! que ne puis-je au moins occuper votre place,
Et que n'ai-je de force autant que j'ai d'audace !
Dès longtemps notre sort, certe, aurait pu changer,
Si mon bras avait pu manier une épée ;
     Mais la nature s'est trompée
     Quand, par un hasard singulier,
Elle a fait choir à vous, lâche que rien n'enflamme,
     L'âme timide d'une femme,
     A moi celle d'un chevalier.
Ah! tel vous n'étiez point quand par mainte prouesse
Jadis vous signaliez votre ardente jeunesse,
Et qu'aux rives du Nil, devant vos étendards
Les Musulmans vaincus fuyaient de toutes parts (1).
S'il vous restait encore un peu de ce courage,
Vous iriez rétracter cet odieux hommage,
Et ce n'est qu'à ce prix que désormais en vous
Je daignerais encor reconnaître un époux. »

A cet amer dédain, à cet âpre langage
     Lusignan frémissant de rage :
« Vous le voulez, dit-il : eh bien, donc ! vos souhaits,
Sans différer d'un jour, vont être satisfaits.
Je vais braver Louis, je vais sur notre tête
Attirer, je le sais, une affreuse tempête ;
Mais pour combattre encore un pareil ennemi,
Vous verrez si mon cœur et mon bras ont faibli.
Si pourtant quelque jour cette tour ébranlée
     Vient à succomber sous ses coups,
     Et si sous sa masse écroulée
Nos malheureux enfants périssent avec nous,

(1) Hugues X, dont il est ici question, avait accompagné son père,
Hugues IX, dans la croisade entreprise par les rois de Hongrie et de
Chypre, les ducs d'Autriche et de Bavière.

Cette chute, c'est vous qui l'aurez provoquée ,
Et nul à tout jamais n'en chargera que vous. »

   Il dit, et part. Mais sa fière compagne
     Craint encor de le voir mollir,
   Et, contre lui pour mieux se prémunir,
     Jusque dans Poitiers l'accompagne.
La nuit le favorise, et, sans être entendu ,
Il arrive au palais de gardes dépourvu ,
En saisit les abords, en occupe la porte,
Y pénètre entouré d'une nombreuse escorte,
Marche droit vers le comte, et d'un ton insultant :
   « Alphonse, dit-il, cet hommage
Par surprise obtenu dans un premier moment ,
Garde-toi désormais d'en tirer avantage ;
Je le viens aujourd'hui rétracter hautement.
Je ne reconnais plus ta puissance usurpée ;
Lusignan n'est pas fait pour être ton vassal ;
   A marcher au moins ton égal
   J'aspire, au nom de mon épée.
Je te défie, Alphonse, et, le fer à la main ,
Nous verrons qui de nous doit être souverain. »

Il sort. A son retour, Isabelle charmée :
« Voilà donc noblement la guerre déclarée ;
Comte, c'est bien à vous ! mais il faut que ma main
Fasse à son tour partir un message certain.
L'hôtel qui dans ses murs vient de nous voir descendre,
Moi-même dans l'instant je vais le mettre en cendre ;
Après l'insigne honneur qu'il reçoit aujourd'hui,
Nul n'est digne à présent d'y trouver un abri. »

Elle dit ; et sa main par la rage animée
Secoue en vingt endroits une torche enflammée.

Le feu gagne, et bientôt en épais tourbillons
Il roule avec fureur de maisons en maisons.
Elle en rit ; et tandis que la ville endormie
Se réveille en sursaut et court à l'incendie,
Au milieu du tumulte en tous lieux excité,
Le couple triomphant s'éloigne en sûreté.
Ah ! oui ! réjouis-toi, malheureuse Isabelle,
En voyant réussir ta trame criminelle :
Bientôt avec éclat ton orgueil confondu
Maudira le succès à ce prix obtenu.

Envoyé par Alphonse, un messager fidèle
Aussitôt à Louis en porte la nouvelle.
Sans haine, sans courroux, mais avec fermeté
Le plan qu'il se propose est bientôt arrêté :
Il ne souffrira point que, par leur turbulence,
Retardant le bonheur qu'il promet à la France,
Au mépris de ses droits, de superbes vassaux
Comme autrefois du trône arrachent les lambeaux.
Sa valeureuse armée, à vaincre bientôt prête,
Le voit avec transport reparaître à sa tête,
Renverser en courant ses premiers ennemis
Par sa marche rapide en désordre surpris,
Sous ses puissants efforts consommer la ruine
De ces châteaux fameux bâtis par Mélusine (1),
Et, pour dernier exploit, du superbe Montreuil (2)
Faire tomber d'un coup les remparts et l'orgueil.

Sans s'effrayer pourtant de sa chute éclatante,
Béruges lève encor sa tête menaçante.
Lusignan est absent ; il court chez ses amis
Rallier les secours depuis longtemps promis.

(1) Fée protectrice de la maison de Lusignan.
(2) Château très-fort, voisin de Béruges.

Mais à son fils, déjà fameux par sa vaillance,
Il a de ce donjon confié la défense.
Louis de tous côtés en mesure l'accès,
Et juge d'un coup d'œil les moyens de succès :
L'escalade ? y songer serait de la démence ;
L'assaut ? mais ces remparts ont le sol pour défense :
Sur le rude penchant de ce mont escarpé
Nul bélier, nul engin ne peut être planté.
La place, sur son roc tranquillement assise,
Brave donc à la fois la force et la surprise,
Et Louis n'ira point dans d'impuissants combats
Verser aveuglément le sang de ses soldats.
S'il a d'un chevalier la bravoure éclatante,
Il a d'un général l'habileté prudente ;
Il saura par des coups moins sanglants, mais plus sûrs,
Bientôt jusqu'à ses pieds faire tomber ces murs.
La sape, au pied du mont commencée en silence,
D'un pas lent mais certain sous la terre s'avance,
Arrive jusqu'aux murs, et sous leurs fondements
Dresse de forts étais entourés de sarments.
Les poutres, par le feu lentement consumées,
Sous le poids qui les charge enfin sont écrasées ;
Dans le gouffre profond sous sa base creusé
S'affaisse tout à coup le donjon ébranlé ;
La montagne en frémit jusque dans ses entrailles.
On voit au même instant s'écrouler les murailles,
Et des blocs tout entiers, le long du roc tremblant,
Au loin avec fracas rouler en bondissant.
Dans le camp opposé soudain la charge sonne,
Et Louis, conduisant une ardente colonne,
Gravit, le fer en main, sur ces débris épars ;
Mais nul n'ose affronter ses coups et ses regards.
Des défenseurs du fort la troupe presque entière
Sous ses murs renversés a mordu la poussière ;

Les autres, mutilés, tout tremblants, peu nombreux,
Ne peuvent qu'implorer un vainqueur généreux.
Le jeune Lusignan, digne en tout de son père,
Seul ose encor tenter un effort téméraire;
Mais par un coup pesant il tombe terrassé.
Le guerrier généreux qui le tient renversé
S'émeut de sa jeunesse, et tout à coup s'arrête,
En détournant le fer suspendu sur sa tête.
« Gloire à vous, dit Louis, votre roi vous sait gré
Moins de l'avoir vaincu que de l'avoir sauvé. »
Cependant quelques chefs qu'irrite tant d'audace
Font, autour du jeune homme, entendre la menace ;
Ils veulent que sa mort, en répandant l'effroi,
Apprenne aux révoltés à redouter leur roi.
« Arrêtez, dit Louis avec un front sévère:
Doit-on punir un fils de défendre son père?
Quel que soit l'ennemi qui nous ose affronter,
Nous marchons pour le vaincre et non pour l'égorger.
Cette tour, qui jamais ne sera relevée,
Montrera ce que peut ma puissance bravée;
Ce jeune homme épargné fait voir aux ennemis
Quel sort les attendrait dès qu'ils seraient soumis.
Qu'ils tremblent, je le veux, devant votre vaillance,
Mais qu'ils puissent aussi compter sur ma clémence;
C'est ainsi que le ciel, bénissant nos travaux,
Amis, va nous donner des triomphes nouveaux. »

Il dit; et sans tarder il court vers la Charente
  Briser la ligue menaçante
  Qui là se dresse contre lui,
  Cette ligue à qui l'Angleterre,
Toujours prête à souffler ou soutenir la guerre,
  Donne son formidable appui.
Des rives de la Vienne au pied des Pyrénées,

L'ambition, la haine ont été soulevées ,
  Le cri de guerre a retenti ;
  Plus loin encor, vers le midi,
  Un autre orage se prépare :
  C'est l'Aragon et la Navarre
  Qui lèvent un front ennemi.
Mais Louis les prévient ; sa foudroyante épée
Frappe dans Taillebourg la ligue épouvantée,
Et le surlendemain Saintes sous ses remparts
Voit ses derniers débris s'enfuir de toutes parts.
Henri tout éperdu regagne l'Angleterre ;
Lusignan, maudissant cette fatale guerre
Où troupes et trésors ont fondu tout entiers ,
Voit ses États perdus, ses enfants prisonniers.
Il faut, il faut céder ; et l'altière Isabelle ,
Pour adoucir le sort de ses fils malheureux ,
  Se décide à faire pour eux
  Ce que jamais elle n'eût fait pour elle.
Ce prince dont ils ont provoqué le courroux
  Voit humblement en sa présence
  Paraitre un jour les deux époux
Déplorant leurs erreurs, invoquant sa clémence,
  Et, pâles, le regard baissé,
  Muets et le front consterné,
  Attendant leur juste sentence.
Louis, avec bonté les regardant tous deux,
Ne peut voir plus longtemps souffrir ces malheureux.
« Rassurez-vous, dit-il : votre douleur me touche ;
D'ailleurs notre Dieu même a daigné de sa bouche
Nous tracer nos devoirs envers nos ennemis ;
Pardonnez, a-t-il dit, pour que l'on vous pardonne.
De cette loi suprème il n'exempte personne,
Et nul plus que les rois n'y doit être soumis.
Pour que je puisse un jour implorer sa clémence,

        2

Un Dieu qui pardonna me prescrit l'indulgence ;
Mon cœur cède sans peine à ses ordres touchants :
Je vous rends vos États, je vous rends vos enfants. »
C'en est fait : à ces mots Isabelle est vaincue ;
Son âme maternelle à la fin s'est émue,
Elle tombe à genoux, les yeux baignés de pleurs :
« O grand roi, désormais contre votre puissance
Jamais vous ne verrez surgir de résistance ;
Votre empire est plus sûr : vous régnez sur les cœurs. »
       Elle n'en dit pas davantage,
Mais toujours dans la suite avec sincérité
       Elle rendit à la bonté
       Un plus doux et plus sûr hommage
Que celui qu'au pouvoir elle avait refusé.

C'est ainsi que Louis, l'exemple de la France,
Terrible aux ennemis, clément pour les vaincus,
       Les terrassait par sa vaillance,
       Les enchaînait par ses vertus.

LA FÉE DE BÉRUGES.

———

Au fond d'une fraîche vallée,
Au pied de ce riant coteau,
Jadis résidait une fée
Protectrice de ce hameau.
Dans un récit bien authentique,
Que je reproduis trait pour trait,
Un chroniqueur très-véridique
Nous en a laissé ce portrait :
Sa tournure était ravissante,
Son souris fin et gracieux ;
Dans l'azur de ses jolis yeux
Brillait une gaieté charmante,
Et les accents mélodieux
De sa voix suave et puissante
Prouvaient une fille des cieux,
Mais sa bonté compatissante
Le témoignait encore mieux.
Aussi, dans toute la contrée,
Du fond du cœur les villageois
La nommaient-ils la *bonne fée*,
Ou la fée à la belle voix.
Ce sentiment qui les honore
Est passé chez leurs descendants,
Qui souvent éprouvent encore

L'effet de ses soins bienfaisants ,
Et, quand le jour vient de se clore,
Quelquefois entendent ses chants.

Mais à ce point de mon histoire
M'arrête un censeur sourcilleux
Qui n'a jamais rien voulu croire
Qu'il n'ait vu de ses propres yeux.
« Pauvre antiquaire trop crédule,
» En retard, dit-il, de mille ans ,
» A vos stupides paysans
» Laissez ce conte ridicule
» Dont riraient même nos enfants. »

Ah ! il vous faut donc une preuve
Ne laissant rien à répliquer :
Eh bien ! censeur, voici l'épreuve
Que je vous engage à tenter :
Ici daignez vous transporter ;
Si le destin vous favorise
Et qu'il vous fasse dans ces bois
Quelque jour rencontrer Louise (1),
Ou du moins entendre sa voix,
Il faudra bien, surprise extrême !
Fier incrédule de nos jours,
Alors reconnaître vous-même
Que la fée existe toujours.

(1) Mme Louise B...

MÉLUSINE (1).

Je vais vous raconter une étonnante histoire,
    Dont vous aurez la liberté,
    Si vous voulez, de ne rien croire,
Mais dont telle est pourtant la singularité
    Que vous, qui l'ignorez peut-être,
    Vous pourrez n'être pas fâché
    Avec détail de la connaître.

    Neveu du comte de Poitiers,
    Raymondin, né de haut lignage,
    Par sa beauté, par son courage
    Était la fleur des chevaliers.
    Signalé par mainte prouesse
    Dans les combats, dans les tournois,
Ardent chasseur, il avait dans les bois
Cent fois aussi fait briller son adresse.

(1) Entre 1387 et 1393, Jean d'Arras, par l'ordre de Jean de Berry, comte de Poitou, frère de Charles V, avait composé en prose une histoire de Mélusine, que Guillaume VII, seigneur de Parthenay, fit mettre en vers par son trouvère Couldrette : de là, plusieurs imitations postérieures. La légende poitevine de Mélusine a plusieurs variantes, dont une même en Dauphiné et une en Luxembourg, où s'étaient implantées des branches de la maison de Lusignan, qui prétendait descendre de Mélusine. Ici on a choisi la plus courte et la plus pittoresque de ces variantes, en la dégageant des détails accessoires.

Un jour pourtant, après midi,
Sans souci d'un lointain orage,
Las de la chasse il s'était endormi
A l'ombre d'un épais feuillage ;
Mais son fidèle chien, qui veillait près de lui,
Par un léger murmure auprès de son oreille
Bientôt en sursaut le réveille.
Quel objet surprenant frappe soudain ses yeux !
C'était une femme charmante,
Au doux regard, à la taille élégante,
A l'aspect noble et gracieux.
Sa longue tunique azurée
D'étoiles d'or était semée ;
Un brillant diadème ornait son front serein ;
Une baguette d'or richement émaillée
Semblait un sceptre dans sa main.
Or c'était la célèbre fée
Dont Mélusine était le nom,
Et dont en mainte occasion
La puissance s'était montrée,
Mais qui, volontiers disposée
Aux doux entrainements du cœur,
Un moment s'était arrêtée
A regarder ce beau chasseur.

« Oh! de quel nom faut-il qu'on vous appelle ?
(Lui dit aussitôt Raymondin) ;
» Jamais une simple mortelle
» N'eut un aspect aussi divin.
» Du premier coup, de pareils charmes
» Dompteraient les plus fiers esprits.
» Dès qu'on vous voit, on rend les armes ;
» Dès qu'on vous voit, le cœur est pris. »
Mélusine avait le cœur tendre ;

Avec un sourire enchanteur
Elle répond : « Ce que je viens d'entendre,
   » Je l'avouerai, touche mon cœur;
» Mais si pourtant aux lois de l'hyménée
   » Je soumettais ma destinée
   » Et que je choisisse un mari,
   » D'abord j'exigerais de lui
   » La plus entière confiance,
   » Et, pour preuve de mon pouvoir,
   » Je lui ferais jurer d'avance
   » De ne point chercher à me voir
   » Un certain jour de la semaine,
   » Et ne point tenter de savoir,
   » Sans pour cela s'en mettre en peine,
   » Ce que je fais le samedi
   » Depuis minuit jusqu'à midi.
   » C'est une chose essentielle,
   » Et dont dépend notre bonheur.
» A ce serment resteriez-vous fidèle ?
   » Le jureriez-vous sur l'honneur? »
Raymondin certe eût été sage
De la faire mieux s'expliquer,
Mais l'amour aime à s'aveugler;
Sans en demander davantage,
A Mélusine aveuglément il crut,
Et lui jura tout ce qu'elle voulut.
D'ailleurs il était beau, Mélusine était belle,
Et tel est en ce cas le mutuel attrait
   Que l'accord fut promptement fait.
Bientôt fidèle époux d'une épouse fidèle,
   Il jouit d'un bonheur parfait.

   Sur une colline escarpée,
Qui Lusignan fut par elle nommée,

Mélusine choisit le vaste emplacement
    D'un grandiose monument.
      Là, pour lui servir de demeure,
      Elle fit, en moins d'un quart d'heure,
Élever un si fort et si riche château
    Qu'on n'en vit jamais de plus beau (1).
    Mais dans la tour la plus loin de l'entrée
    Elle s'était avec art appliquée
      A réserver un cabinet
Dont la porte de fer se fermait à secret.
      C'est là qu'au bout de la semaine
Mélusine à regret venait subir sa peine;
    Car, en retour du magique pouvoir
      Qu'exerçait jadis une fée,
Chacune était condamnée à se voir
      En quelque animal transformée
      Depuis le matin jusqu'au soir.
      De ce changement de figure
Mélusine à demi seule éprouvait l'effet :
Femme elle demeurait jusques à la ceinture,
Et le reste du corps en poisson finissait.

      Sans se douter de ce fatal mystère,
      Toujours d'ailleurs fidèle à son serment,
      Près d'une épouse et si belle et si chère
Le pauvre Raymondin trouvait son sort charmant.
      Le comte de Forez son frère,
    Étant un jour venu le visiter,
      Avant tout voulut saluer
      Du haut castel la noble dame ;
      Mais comme c'était samedi,

(1) Brantôme dit que c'était la plus belle forteresse antique qu'on
pût voir. Suivant Couldrette, Mélusine aurait aussi bâti Melle, les châteaux de Vouvent et de Mervent, la tour, le bourg et l'abbaye de
Saint-Maixent, la ville de Parthenay.

Raymondin répond que madame,
Pas avant l'heure de midi,
Et pas même pour son mari,
N'était visible pour personne.
Le comte, qui fort s'en étonne,
Lui dit alors en le raillant :
« Certes vous êtes, je l'avoue,
» Un mari par trop confiant !
» Ne voyez-vous pas qu'on vous joue ?
» Que, grâce à votre aveuglement,
» Certain amant qu'on vous préfère
» Entre chez vous commodément ?
» D'ailleurs pourquoi tant de mystère ?
» Pourquoi se faire ainsi céler ?
» Quiconque ne veut point mal faire
» Ne songe point à se cacher. »

A cette amère raillerie,
Raymondin sent avec douleur
L'aiguillon de la jalousie
Le percer jusqu'au fond du cœur.
Dans la fureur qui le transporte,
Il court, en maudissant son serment insensé,
Jusqu'à cette fatale porte
Dont il n'a jamais approché.
Un mince filet de lumière
Par une fente étroite arrivant à ses yeux
Vient indiquer à sa colère
Le moyen de surprendre un rival odieux.
Mais, ô ciel ! quel spectacle affreux !
Sa Mélusine bien-aimée,
En poisson à demi changée,
Dans une vaste cuve en riant bondissait,
Et, par sa queue avec force fouettée,
L'eau jusqu'au plafond jaillissait.

Frappé d'horreur et d'épouvante,
Raymondin pousse un cri perçant.
Aussitôt il entend une voix gémissante
Qui lui répond par un cri déchirant.
Le fatal secret se découvre;
D'elle-même la porte s'ouvre;
Mélusine un moment reprend tous ses attraits:
« O toi, dit-elle, que j'aimais,
» Toi dont la triste découverte
» Aujourd'hui va causer ma perte,
» Apprends ce que je te cachais.
» Raymondin, je suis une fée
» Qui commit un crime autrefois,
» Et que le ciel a condamnée
» A subir le sort que tu vois;
» Mais ta promesse mieux gardée
» Eût fait changer ces dures lois:
» Je serais devenue une simple mortelle,
» Ma fin eût été naturelle,
» Au lieu qu'il me faut à présent,
» O douleur! ô honte profonde!
» Jusques au dernier jour du monde
» Subir un nouveau châtiment.
» Une brillante destinée
» Attend pourtant nos descendants,
» Et bien longtemps la renommée
» Célébrera les Lusignans.
» L'un dans Jérusalem ceindra le diadème,
» Quatorze autres dans Chypre auront le rang suprême;
» Mais quant à notre beau château,
» Détruit plus tard par un ordre funeste (1),
» Avec grand'peine on trouvera le reste

(1) Ce château, pris en 1569 par les protestants, repris quatre mois après par les catholiques, fut démoli en 1574, par arrêt du conseil d'Etat, pour qu'il ne pût plus servir d'appui aux révoltés.

» De ce qui fut leur illustre berceau.

» Mais je n'y puis demeurer davantage ;

» Je sens peser sur moi l'arrêt qui fut porté.

» Adieu donc, cher époux, toi qui fus mon partage ;

» Adieu, toi que j'ai tant aimé ! »

En ce moment sa peau qui devient écailleuse

Déforme et couvre ses appas ;

Une double aile membraneuse

S'étend en place de ses bras ;

Serpent ailé, par la fenêtre

Elle part d'un vol incertain,

Et nul depuis n'a vu paraître

Cette victime du destin.

Seulement, si quelque infortune

Vient menacer ses descendants,

On l'entend, pendant la nuit brune,

Voler avec des cris perçants.

De tout ce que l'on vient de lire

On pourrait retirer cette utile leçon :

Que la femme au mari devrait toujours tout dire,

Et le mari n'avoir aucun soupçon.

Tel est le fond de cette histoire,

Qu'avec des variations

Gardent encor dans leur mémoire

Nos simples populations.

La preuve en est facile à faire :

Lorsque par hasard quelque affaire

A Lusignan vous conduira,

Pour quelques sous on vous vendra

Certains gâteaux à triste mine

Représentant femme-poisson,

Et conservant encore le nom

De la célèbre *Merlusine*.

En outre voulez-vous démolir quelque mur
  Qui vous parait d'origine romaine,
Où pierres et ciment forment un tout si dur
   Que le fer n'y mord qu'avec peine,
  Le vieux maçon vous répondra :
  « A ce travail vainement on s'obstine,
   » Car ce mur que vous voyez là
   » Est l'ouvrage de *Merlusine.* »

  Si donc la fée en un instant
  A pu, sans peine et sans argent,
  Bâtir une œuvre merveilleuse,
  Pourquoi faut-il qu'au temps présent
  Sa puissance soit fabuleuse ?
  Nous construisons de toutes parts
  De beaux et vastes édifices,
  Nous perçons de grands boulevards ;
  Mais au prix de quels sacrifices ?
  Pour mener à fin sûrement
Et tout ce que l'on fait et tout ce qu'on projette,
  Ah ! Mélusine, un seul moment
  Que n'avons-nous votre baguette !

LA FOSSE DU BEAU ROI (1).

———

Sur le bord d'un chemin, près de ma métairie,
    Est une mare d'eau croupie
Appelée en tout temps la fosse du Beau Roi;
    J'ai souvent recherché pourquoi,
Sans avoir pu jamais en découvir la cause;
    Enfin, pour éclairer la chose,
    J'ai consulté deux de mes bons amis :
L'un est un érudit passant sa vie entière
Avec les parchemins, dont la docte poussière
Nous cache, à ce qu'il croit, l'histoire du pays;
L'autre, un vieux paysan gardant dans sa mémoire
    Mainte bribe de cette histoire
    Transmise à lui de père en fils.
    Voici d'abord un extrait du grimoire
    Que le premier sur ce point m'a remis.

Le puissant Charlemagne avait quitté la vie;
    Ses petits-fils, par une guerre impie,
Entre eux avec fureur disputaient les lambeaux
    Du vaste État fondé par son génie;
Le sang de nos guerriers coulait en longs ruisseaux,
    Et, par ses pertes affaiblie,

(1) Au village de Benest, près la Villedieu-du-Clain (Vienne).

La France était encore en proie à d'autres maux.
  Insultant à sa défaillance ,
  Les cruels pirates du Nord
  Venaient, presque sans résistance,
Porter jusqu'en son sein le ravage et la mort.
  Sur les rives de notre Loire ,
  De leur terrible cor d'ivoire
Quand le son trop connu venait à retentir,
  Frappée à l'instant d'épouvante,
  La foule éperdue et tremblante
  Devant eux ne songeait qu'à fuir.

  France, où donc était cette épée
Que si souvent on vit terrible aux plus vaillants?
Quand, hélas! quelquefois elle t'est échappée,
  C'est que ta valeur fut trompée
  Par les fautes de tes enfants.

Ainsi donc, profitant des désordres des princes,
  Jusques au cœur de nos provinces
Les pirates osaient porter leurs pas sanglants;
  Les églises, les monastères
  Et les châteaux et les chaumières
Écrasaient, consumaient sous leurs débris brûlants
Femmes, enfants, vieillards l'un sur l'autre expirants.
  De ces brigands une troupe hardie,
Jusqu'aux murs de Poitiers promenant l'incendie,
Devant elle voyait tout fuir avec effroi ;
Leur chef était Harold, que sa haute stature,
  Ses grands yeux bleus, sa blonde chevelure
Avaient fait par les siens surnommer le Beau Roi;
  Mais sous cette apparence aimable
  C'était un monstre impitoyable,
  Ne connaissant ni foi ni loi.

Des murs de la cité sa troupe repoussée
Jusque dans nos hameaux vient porter sa fureur;
  De noirs tourbillons de fumée
  Marquent son cours dévastateur.
  S'enfuyant devant l'incendie,
Quelques pauvres enfants échappaient au trépas;
Le sanguinaire Harold, enflammé de furie,
Bien avant tous les siens s'élançait sur leurs pas,
Quand un large fossé dans sa course l'arrête;
Il pique son cheval pour le franchir d'un bond,
Mais le coursier s'abat et, par-dessus sa tête,
Lance son cavalier dans ce bourbier profond.
  La Providence ainsi se joue
De la férocité, de la force, du rang;
  Elle fait périr dans la boue
Le fier triomphateur qui nageait dans le sang,
  Et, sans souci du conquérant terrible
Qui de tout le pays était jadis l'effroi,
  Le laboureur passe paisible
  Près de la fosse du Beau Roi.

  Sans remonter au temps de Charlemagne,
  Comme l'a fait mon érudit,
  De mon narrateur de campagne
  Voyons maintenant le récit.

Dans ce hameau jadis était une famille
  Qu'on nommait la famille Roi;
L'aîné des quatre fils était un jeune drille
  Au plus haut point content de soi.
  Monsieur, charmé de sa figure,
  Souriant devant son miroir,
  Cherchait quelle était la posture
  Propre à le faire mieux valoir.

« Vraiment, se disait-il, loin, bien loin à la ronde,
» Il n'est point de garçon si bien tourné que moi;
          » C'est à bon droit que tout le monde
          » Ici m'appelle le Beau Roi. »
          Mais c'était surtout le dimanche
          Qu'il se montrait dans sa splendeur
          Avec la chemise bien blanche,
          Le chapeau mis en tapageur,
          L'œil assassin, la bouche en cœur.
          D'un air vainqueur, devant les belles
          Notre Beau Roi se pavanait,
          Convaincu que chacune d'elles
          Avec amour le regardait;
Et qui donc en effet des garçons du village
          A lui pourrait-on comparer?
          En force, en adresse, en courage
          Et qui prétendrait l'égaler?

Un beau dimanche donc qu'une troupe nombreuse
De filles, de garçons passait par ce chemin,
Notre homme d'un air fier l'arrêtant de la main :
« Vous voyez bien, dit-il, cette fosse bourbeuse;
» Enfants, qui d'entre vous oserait la sauter?
          » Allons, voulez-vous commencer?
          » A toi, Michaud, de tenter l'aventure;
          » A toi, Jacquet; à toi, Pierrot!
» Mais quoi! vous faites tous une triste figure
          » Et chacun de vous reste sot!
          » A moi donc vous laissez l'affaire?
          » Eh bien ! vous allez voir comment
          » Ce qu'aucun de vous n'ose faire,
          » Je vais le faire en un moment. »
D'un air délibéré là-dessus il s'élance,
          Mais son imprudente jactance

Avait au plus mal calculé
Quelle était au vrai la distance
D'un bord à l'autre du fossé.
Il tombe au beau milieu jusques à la ceinture ;
La boue en jaillissant lui masque la figure.
Il patauge longtemps pour regagner le bord ;
Enfin il y parvient par un dernier effort.

Accompagné d'une immense huée,
L'oreille basse il retourne chez soi ,
Et depuis lors dans la contrée
Cette fosse s'est appelée ,
Même jusqu'à présent, la fosse du Beau Roi.

Ce bien simple récit, à l'autre si contraire ,
Pourrait pourtant avoir du bon.
Du paysan, de l'antiquaire
Lequel, ami lecteur, vous semble avoir raison?
Quant à moi, sur cette matière ,
Le choix me paraît si chanceux ,
Que, ma foi ! vous avez liberté tout entière
De les récuser tous les deux.

LA FONTAINE DE FONTJOISE (1).

Au temps jadis notre contrée
Gémissait sous un fier baron
A qui la juste renommée
De *Cœur-de-Roc* donnait le nom.
Jamais son âme impitoyable
Par la plainte du misérable
Ne daignait se laisser toucher,
Et sa plus douce jouissance
Était l'aspect de la souffrance
Qu'il se plaisait à provoquer.
Sa fille, l'aimable Marie,
Au contraire passait sa vie
A soulager les malheureux,
Et, ne pouvant loin de leur tête,
Écarter toujours la tempête
Qui sans cesse grondait sur eux,
Sa voix du moins avait des charmes
Habiles à les consoler,
Et sa main essuyait les larmes
Que son père faisait couler.

Un jour sa touchante prière
En faveur d'une humble chaumière

Tentait de fléchir son courroux;
Mais, l'œil sec, l'injure à la bouche,
Le cruel, d'un geste farouche,
La repoussait de ses genoux.
A l'instant même un coup de foudre
Fait crouler le castel en poudre
Sur son roc qui tremble et se fend,
Et l'on voit avec épouvante
De cette ruine fumante
Sortir un long et noir serpent.
Dans les entrailles de la terre
Entr'ouverte par le tonnerre,
Il roule en se tordant en vain,
Et des profondeurs de ce gouffre
Une flamme à l'odeur de soufre
En sifflant s'élance soudain;
Tandis que d'une aile joyeuse
Une colombe radieuse,
Prenant son essor vers les cieux,
Au sein de la voûte éthérée
Dans une éclatante nuée
S'élève et se dérobe aux yeux.
Terrible et consolant spectacle,
Où Dieu, par un double miracle,
Faisait lire à l'œil étonné
Quel sort à cette âme rebelle,
Quel sort à cette âme fidèle
A jamais était réservé!

Depuis ce temps, de la colline
Le flanc est resté desséché,
Et sur le roc qui la domine
Nul arbuste n'a végété;
Mais, au pied, une source pure

Fait croître partout la verdure,
Répand la vie et la fraîcheur,
Et son eau toujours abondante
De la saison la plus brûlante
N'a jamais redouté l'ardeur.
Propice aux besoins de la vie,
Son cours à travers la prairie
Porte la joie en ce canton,
Si bien qu'en toute la contrée,
De son eau limpide abreuvée,
Fontjoise est devenu son nom.
On croit de l'aimable Marie
Que c'est encore un des bienfaits;
Aussi sa mémoire bénie
Ici ne périra jamais.

Honneur donc et reconnaissance
A tous ceux dont la bienfaisance
Est le soutien du malheureux,
Et surtout si leur influence
Se fait sentir même après eux!

LA SOURCE DE FLEURY (1).

————

Sur la colline de Fleury,
D'où sort avec un doux murmure
Une source limpide et pure,
Un jour je m'étais endormi.
Là bientôt un aimable songe,
Dont le souvenir me sourit,
Est venu d'un riant mensonge
Doucement charmer mon esprit.
Une vapeur vague, indécise
De la fontaine s'élevait,
Pendant quelque temps ondulait
Au souffle incertain de la brise,
Puis lentement se condensait
En une forme plus précise,
Et devenait un corps parfait.
C'était une nymphe charmante,
Au front couronné de roseaux,
A la longue robe flottante
Reflétant la couleur changeante
Tantôt du ciel, tantôt des eaux.
Avec une douceur divine
Elle portait de longs regards

(1) A cinq lieues à l'ouest de Poitiers.

Vers cette lointaine colline
Où Poitiers assoit ses remparts.
« Oh! ville autrefois tant aimée,
Tu m'as bien longtemps oubliée,
Disait-elle, tandis que moi
Je n'ai cessé, douce pensée,
De songer tous les jours à toi,
De rappeler à ma mémoire
Ces jours brillants de ton histoire
Où mes yeux voyaient s'élever
Ces majestueuses arènes
Où, quand régnaient les empereurs,
Quarante mille spectateurs
Des superbes fêtes romaines
Venaient admirer les splendeurs.
Non loin de leur masse imposante,
Sur un arc richement sculpté
Un cheval de bronze doré
Portait l'image triomphante
D'un consul brave et respecté (1).
Un monument (2), une statue
Que la ville entière vota
Pour sa fille Varénilla
Trop tôt au tombeau descendue,
S'éleva bientôt près de là
Et s'offre encore à votre vue.
Et puis ces utiles canaux
Qui, dans leur course souterraine,
Suivaient les flancs de vos coteaux,
Et qui parfois sur des arceaux,

(1) Les débris de l'arc et un des pieds du cheval, plus grand que
nature, sont au musée de la ville.
(2) Le temple Saint-Jean, monument de Varénilla, suivant les
uns, baptistère chrétien selon les autres. La nymphe est pour l'origine romaine, qui se rapproche d'elle.

Franchissant les plis de la plaine,
Vous portaient mes limpides eaux.
Tout doucement suivant leur pente,
Pour vous arriver de si loin
D'aucune machine savante
Elles n'avaient alors besoin (1),
Mais aujourd'hui leur importance
A bien, hélas! baissé de prix,
Et de leur manque d'abondance
Souvent on parle avec mépris.
A votre science nouvelle
Je laisse pourtant décider
S'il faut encor que l'on m'appelle,
Ou s'il faut à moi renoncer.
Mais quoique ton ingratitude
Soit pour mon cœur un coup bien rude,
Si pourtant je puis te servir,
Ville qu'après tout j'aime encore,
Pour si peu que ta voix m'implore,
Tu me verras vite accourir. »

A ces mots, ma nymphe charmante
Dans la fontaine se plongea,
Et jusqu'à moi l'eau jaillissante
Par sa fraîcheur me réveilla.
Vraiment c'est une heureuse chance,
Me dis-je en me frottant les yeux,
Qu'avoir en pareille occurrence
Un rêve si délicieux.
Depuis bien longtemps on discute
Pour savoir d'où l'on doit tirer

(1) Le développement sinueux de cet aqueduc était de plus de six lieues. Sa pente, depuis la source jusqu'à Poitiers, n'était que d'un peu plus de trois mètres.

Assez d'eau pour nous abreuver,
Et sur ce sujet la dispute
N'est pas près de se terminer.
Les uns bien loin veulent la prendre,
Les autres la prendre tout près,
Et parmi tant de beaux projets
On ne sait plus auquel entendre.
Puisque donc cette question
Pour tout le monde est si peu claire,
Moi, voici mon opinion
Bien digne d'un vieil antiquaire :
Je voudrais que dans cette affaire
La nymphe pût avoir raison.

FABLES ET CONTES.

LA CIGALE ET LA FOURMI,

Apologue faisant suite à la fable de La Fontaine.

———————

L'inimitable fabuliste
Par tout le monde à bon droit si vanté
Est-il bien, comme moraliste,
Toujours digne d'être cité?
Qu'on le pardonne à ma sincérité;
Mais d'une pente trop facile
Il me semble parfois incliner du côté
Du plus fort ou du plus habile,
Et se montrer trop difficile
Pour le malheur implorant la pitié.
C'est une audace sans égale,
Je le sens bien, que d'oser après lui
Donner, au lieu de la fourmi,
Le plus beau rôle à la cigale;
Mais, à défaut de ce talent
Que vainement l'Europe nous envie,
Avec quelque indulgence accueillez, je vous prie,
Ce qu'a dicté le sentiment.

D'une façon assez brutale
La fourmi, dit-on, autrefois
Accueillit la pauvre cigale
Par la faim réduite aux abois,
Et tandis que l'infortunée
De son cruel refus souffrait,
De l'avoir ainsi malmenée
Notre fourmi s'applaudissait.

« Ah! par ma foi, se disait-elle,
» Arrière tous ces pleurnicheurs
» Dont la plainte sempiternelle
» Nous étourdit de leurs malheurs.
» Jamais vraiment, à les en croire,
» Aucun ne les a mérités;
» Mais c'est toujours la même histoire,
» Et là-dessus j'en sais assez.
» L'imprévoyance, la paresse
» Seules les rendent malheureux;
» Quand ils tombent dans la détresse,
» C'est à bon droit, tant pis pour eux.
» Je ris de leur plainte importune;
» Chacun pour soi, voilà ma loi;
» S'ils veulent changer de fortune,
» Ils n'ont qu'à faire comme moi. »

Là-dessus, avec complaisance
Dame fourmi se rengorgeait,
Et, sûre de son abondance,
Tranquillement la savourait.
Combien de gens, hélas! comme elle,
Au pauvre qui vient demander
Lancent une pointe cruelle,
Pour se dispenser de donner!

La dame, au gré de son envie,
Voit tout succéder à ses vœux ;
Sa famille se multiplie
Et devient un peuple nombreux.
Fière de se voir mère et reine
D'un aussi florissant État,
L'ambitieuse souveraine
Veut encore en doubler l'éclat.
« Oui, je veux ici, disait-elle,
» Fonder une cité nouvelle
» Par qui mon nom sera porté,
» Et ce nom tout brillant de gloire
» Sera par la voix de l'histoire
» Transmis à la postérité. »

En répétant avec emphase
Cette docte et brillante phrase
Apprise dans de vieux écrits
Dont elle rongeait les débris,
Sans plus tarder notre héroïne
S'enfonce en la forêt voisine
Pour y choisir l'emplacement
D'un vaste et pompeux monument.
Telle, au temps jadis, Babylone
Vit Sémiramis en personne
Tracer le plan audacieux
De ces palais dont la structure
Et l'imposante architecture
Ont si longtemps frappé les yeux.

Tandis qu'en sa vaste pensée
La fourmi roulait ces projets,
Voyons ce que la destinée
Faisait de ses premiers sujets.

Depuis longtemps la fourmilière
Avait, par d'incessants larcins,
Excité la juste colère
Des maîtres des logis voisins;
Point de buffet et point d'armoire
Où la rapace bande noire
Ne sût trouver moyen d'entrer;
Point de sucre, point de conserve,
Point de débris, point de réserve
Qu'on pût contre elle protéger.
Enfin lasse de tant d'audace,
Jeanneton la suit à la trace
Et découvre sous un buisson
L'endroit où notre fourmilière
Avait bien avant dans la terre
Creusé son habitation.
Aussitôt sa main diligente
Prépare un chaudron d'eau bouillante,
Puis, quand au milieu de la nuit
La troupe entière est réunie,
D'un seul coup et tout endormie
Elle la noie en son réduit.

Au point du jour, la souveraine
Trouve, en rentrant à son domaine,
Que du destin les coups pesants
Ont su pour elle tout détruire;
Reine elle a perdu son empire,
Mère elle a perdu ses enfants.
Elle-même, la malheureuse,
Que va-t-elle, hélas! devenir?
Pendant la saison rigoureuse
Comment se loger, se nourrir?
Cette infortune sans égale,

Dont un cœur dur aurait joui ,
De pitié toucha la cigale ,
Qui lui dit d'un ton attendri :
« Vous m'avez bien mal accueillie
» Quand je vous implorais un jour,
» Mais sans reproche je l'oublie,
» Car vous souffrez à votre tour.
» Ce chêne creux offre un asile
» Qu'avec vous je veux partager ;
» Près de nous dans ce champ fertile
» Il est aisé de butiner,
» Et, lorsqu'une pensée amère
» Troublera votre souvenir,
» Mon amitié tendre et sincère
» S'empressera de l'adoucir. »

Honneur à l'âme généreuse
Que le mal ne peut altérer,
Et qui, comme notre chanteuse,
Par des bienfaits sait se venger.

LE BŒUF ET LE CHEVREAU.

————

De l'air le plus calme du monde
Lucas, honnête bœuf, dans un pré ruminait;
D'humeur beaucoup plus vagabonde,
Brusquet, jeune chevreau, près de lui gambadait,
Et notre étourdi se disait:
« Cet air pacifique et bonasse
» Certes ne cache pas un esprit bien rusé;
» Faire quelque bon tour à cette lourde masse,
» Puis se sauver en lui riant au nez
» Et lui faisant mainte grimace,
» Ne doit pas être malaisé. »
Là-dessus vers le bœuf notre drôle s'avance,
Et lui tirant sa révérence:
« Oh ! Monseigneur, dit-il, dès le premier aspect
» Combien votre noble prestance
» Inspire à tous les cœurs d'amour et de respect !
» Quand, pour plaire à la belle Europe,
» Jupiter en taureau crut devoir se changer,
» Sous cette nouvelle enveloppe
» Tel que nous vous voyons il a dû se montrer.
» Oh ! que je serais fier si le destin propice
» Me permettait par quelque grand service
» De vous prouver mon dévouement;
» Mais, en attendant ce moment,

» Je puis avoir du moins le léger avantage
  » De vous montrer le pâturage
  » Le meilleur de tout le canton. »
  « Vraiment, cet enfant a du bon, »
  Se dit, en balançant la tête,
  Notre bœuf, personnage honnête,
  Du mal n'ayant aucun soupçon.
 Et puis d'ailleurs c'est une chose étrange
   Que le parfum de la louange,
Quelque grossier qu'il soit, parait toujours si doux
Que sur ce point la bête est bête comme nous.

  Se levant donc, sans défiance
  Il suit Brusquet qui le devance
  En faisant gaiement bond sur bond.
  Le drôle, au bas de la prairie,
Avait su remarquer qu'une croûte durcie
  Cachait sous un épais gazon
  Un trou bourbeux et très-profond.
  Il le franchit d'un saut agile.
  Le bœuf y pose un pied tranquille,
S'avance un peu plus loin, quand bientôt, patatras !
  La croûte perfide et mobile
  Partout s'enfonce sous ses pas,
  Et mon Brusquet rit aux éclats
De le voir dépenser une force inutile
  En pataugeant de plus bas en plus bas.
  Bien courte, hélas ! aurait été sa joie !
  Car d'un buisson qui le tenait caché
   Un énorme loup affamé
   Tout à coup saute sur sa proie;
   Mais, par un énergique effort
   S'arrachant enfin de la boue,
Lucas d'un coup de corne à la terre le cloue

Et sauve Brusquet de la mort.
De sa coupable espiéglerie
Alors repentant et confus,
Brusquet du fond du cœur s'écrie :
« O vous à qui je dois la vie,
» Et dont j'admire les vertus,
» Quelles grâces puis-je vous rendre,
» A vous qui venez de m'apprendre
» Que l'air de tranquille bonté,
» Que raille en ricanant maint malin personnage,
» Peut souvent cacher le courage
» Joint à la générosité. »

LE SERPENT ET LE HÉRON.

———

Nourri sur les bords d'un marais,
Un serpent d'assez belle taille,
Sans souci, sans peine, sans frais
Y trouvait ample victuaille.
« Il faut convenir que le ciel
(Disait-il avec complaisance)
» Avec un soin tout paternel
» S'occupe de mon existence.
» C'est pour moi qu'il a su créer
» Ces grenouilles, race stupide,
» A qui, lorsque mon ventre est vide,
» Je fais l'honneur de la croquer.
» Bien plus, il n'est aucune bête
» Qui ne me craigne comme un roi,
» Et lorsque je dresse ma tête,
» L'homme même est glacé d'effroi.
» Ma foi, sur la terre et sur l'onde,
» Aussi loin que l'on puisse aller,
» Je ne crois pas que dans le monde
» On trouve à qui me comparer. »
Il allait poursuivre son dire,
Quand un héron qui le guettait
En deux morceaux le coupe net,
Et d'un seul coup de bec met fin à son empire.

4

De ces reptiles vaniteux
Il en est aussi chez les hommes ;
Nous en rions, et cependant nous sommes
Souvent prêts à faire comme eux.
Lors donc que notre suffisance
S'étale si complaisamment,
On peut nous prédire d'avance
A bon droit le sort du serpent.

LE CACTUS ET LE RÉSÉDA.

————

Un cactus épineux, au port raide et superbe,
Au bout d'un grand jardin fièrement se dressait ;
    Un réséda, sous une touffe d'herbe
    Modestement près de lui se cachait.
    Avec un air de pitié méprisante
        Le cactus lui disait un soir :
    « Que je te plains, pauvre chétive plante
        Qu'à peine on peut apercevoir !
Cette charmante enfant qui, le long du parterre,
        Chaque matin vient folâtrer,
Dans sa course, pourtant si prompte et si légère,
        Pourrait en passant t'écraser.
        Mais qui pourrait avoir l'audace
        De venir à moi se frotter?
        Le bœuf même, à la lourde masse,
        Appréhende de m'approcher.
        Quand on veut bien tenir sa place ,
        Il faut se faire redouter. »

        « Bien volontiers je le confesse ,
        Lui répondit le réséda ,
        Personne ne vous froissera,
        Mais aussi, pour votre rudesse,
        Personne ne vous aimera.

Pour moi, notre noble maîtresse
A déjà su me distinguer.
Par ses ordres, le jardinier
Doit m'enlever avec adresse,
Puis, dans un vase du Japon
Qui de son élégant salon
Décore la riche encoignure,
Elle-même me placera,
Et, tous les jours, d'une onde pure
Sa blanche main m'arrosera.
Sous cette bienfaisante pluie
Chaque jour on verra ma fleur,
De mieux en mieux épanouie,
Répandre une plus douce odeur,
Et de ma maîtresse chérie
Par là mériter la faveur.
Ainsi donc notre destinée
Selon nos goûts s'accomplira :
Vous, Monseigneur, on vous craindra;
A votre orgueilleuse pensée
Ce triste bonheur répondra;
Moi, je l'espère, on m'aimera :
Je serai la mieux partagée. »

LES DANGERS D'UN POULAILLER,

Épisode héroï-comique de l'histoire d'une basse-cour.

———

FRANCŒUR, coq français.
FICH-TONG-KANG, coq chinois.
DON SOTINAR, dindon.
DANDINARDE, oie.
PINTADET, jeune pintade.

CANARDIN, jeune canard.
TOM, chien de chasse.
LE RENARD.
L'HIRONDELLE.
LE POULET.

———

Quand, à la fin de ce beau jour,
Tout est tranquille en ce domaine,
Quelle cause étrange et soudaine
Agite ainsi la basse-cour ?
Des pintades la voix criarde,
Des canards la voix nasillarde
Au loin frappe l'air qui gémit ;
Les clameurs des oisons s'unissent
Aux cris des poules qui glapissent,
Les dindons gloussent à grand bruit.
La troupe entière est rassemblée
Autour d'un poulet tout petit
Qui d'une voix entrecoupée
En sanglotant fait ce récit :

« O ma mère, ô ma tendre mère,
Pleurez, vous n'avez plus qu'un fils ;

Et moi, les destins ennemis
Viennent de me ravir mon frère !
Tous deux non loin de la maison
Nous cheminions sans défiance,
Quand soudain d'un épais buisson
Un monstre affreux sur nous s'élance.
Quoique ne l'ayant jamais vu,
Au portrait qu'en a fait ma mère,
Sans peine je l'ai reconnu.
Le renard saute sur mon frère
Et, malgré mes cris déchirants,
Le dévore en quelques instants.
En proie à des frayeurs mortelles,
Je fuis et des pieds et des ailes ;
Mais de lui quoique loin déjà,
J'entends sa cruelle ironie
Qui me poursuit et qui me crie :
Toute ta cour y passera.
Du sort affreux qui nous menace
J'ai hâte de vous avertir.
L'ennemi bientôt va venir ;
Il unit la ruse à l'audace.
Que faire pour le prévenir ? »

A ce récit épouvantable
Chacun se sent glacé d'effroi ;
Ce coup pour tous si redoutable,
Chacun l'appréhende pour soi.
Pour le détourner on discute,
Puis bientôt après on dispute.
Chacun propose son moyen,
Trouve le sien seul acceptable,
Trouve tout autre détestable ;
On ne peut s'entendre sur rien.

Un canard dit : Voyez cette île ;
Elle nous présente un asile
Où nous braverons le danger.
Parfaitement! dit une poule,
Mais il faut y pouvoir passer.
Comment fera toute la foule
Qui ne peut comme vous nager?
Ce chêne à l'épaisse verdure
Offre une retraite plus sûre
Où le renard ne grimpera ;
Bien! dit un oison ; mais, ma mie,
Veuillez m'apprendre, je vous prie,
Comment on nous y montera?

Ainsi, dans Grenade assiégée,
Abencérages et Zégris,
Quoique en butte aux coups d'une armée,
N'étaient jamais du même avis.

Enfin, d'un air de suffisance,
En se gonflant comme un ballon,
Au milieu du cercle s'avance
Don Sotinar, le gros dindon.
« Notre salut commun demande,
Dit-il, une suprême loi :
Il faut qu'un seul ici commande,
Et ce ne peut être que moi.
Il n'est aucun de vous, canaille,
Qui puisse me le disputer ;
Et pour la force et pour la taille
Qui pourriez-vous me comparer? »

« Qui, selon toi? mais moi, peut-être,
Dit Fich-Tong-Kang, grand coq chinois ;

En ces lieux pour parler en maître
J'ai bien au moins autant de droits.
On sait mon illustre origine ;
Dans la cour de San-Ko-Li-Tsin,
Général en chef de la Chine,
Mon père est premier mandarin.
Son irrésistible vaillance
S'est signalée en cent combats ;
Ceux qui lui doivent la naissance
De lui ne dégénèrent pas.
De ma parole solennelle
Si l'un de vous ose douter,
Qu'il s'adresse à cette hirondelle,
Elle va la lui confirmer. »
« Oui, lui répond la voyageuse,
Fais sonner bien haut tes Chinois :
La circonstance est fort heureuse
Pour venir vanter leurs exploits !
Dans ce moment une poignée
De soldats anglais et français
Met en déroute leur armée,
Réduit en cendres leurs palais ;
L'empereur du Céleste-Empire
De Pékin s'enfuit prudemment,
Et reçoit la loi, sans mot dire,
Des barbares de l'Occident.
Digne en tout de ton origine,
Va, crois-moi, mon pauvre Chinois,
Tu peux briller à la cuisine,
Mais ailleurs tu n'es pas de poids. »

Une universelle huée
A ces mots allant s'élever,
Pour échapper à la risée

Fich-Tong-Kang voulait décamper,
Quand soudain le chef véritable
Se montre à ses yeux stupéfaits :
C'est Françœur, le type admirable
De nos superbes coqs français.
Au-dessus de sa noble tête,
Qu'anime un œil étincelant,
Se balance une double crête
Du rouge le plus éclatant ;
Une crinière mordorée
De son cou descend sur son dos ;
Sa queue en panache étalée
Au gré des vents livre ses flots.
Son fier regard sur l'assemblée
Se promène avec fermeté,
Pénètre au fond de la pensée
Et sent son pouvoir assuré ;
Alors, d'un ton d'autorité :
« D'après ce que je viens d'entendre,
Chacun ici veut commander ;
Mais il faudrait, pour y prétendre,
Ordonner et non disputer.
Toi que bouffit ton importance,
Toi qu'enorgueillit ta naissance,
Apprenez-nous par quel moyen
On peut conjurer la tempête
Prête à fondre sur notre tête.
Eh quoi ! vous ne répondez rien ?
Fich-Tong-Kang sur ses pieds chancelle,
Don Sotinar demeure coi ;
Rien ne sort de votre cervelle ;
Eh bien ! alors, écoutez-moi.
Avant tout il faut reconnaitre
Le point où l'ennemi peut être

Et celui qu'il veut attaquer.
Toi, Pintadet, au pied léger,
Fouille le bois et la bruyère ;
Sur le gazon, sur la poussière
Découvre sa direction ;
Toi, Canardin, sur le rivage,
En cas qu'il nous vienne à la nage,
Demeure en observation.
Quant à vous, jeunes indociles
Qui respectez peu vos parents
Et prenez leurs conseils prudents
Pour l'effet de craintes futiles,
Le cruel malheur d'aujourd'hui
Vous donne une leçon sévère :
Quand on n'écoute pas sa mère,
Vous voyez qu'on en est puni. »

Il dit ; et l'assemblée entière,
Qu'animent ces nobles discours,
Au grand chef qu'elle aime et révère
Jure obéissance à toujours.

De sa périlleuse tournée
Revenant bientôt à bon port,
Pintadet rentre à l'assemblée
Et fait ce fidèle rapport:
« Du bois, en suivant la lisière,
J'ai reconnu notre ennemi ;
Il rampe à travers la bruyère
Et déjà s'approche d'ici.
Il lance une œillade enflammée
Sur la porte démantelée
Qui clôt mal notre poulailler ;
C'est par cette porte entr'ouverte

Que certes viendra notre perte,
Si l'on ne prévient le danger. »

« Non, dit Francœur plein d'assurance,
C'est là ce qui nous sauvera.
Dans mon plan ayez confiance,
Et ce plan, amis, le voilà :
Toi, Tom, qui jadis à la chasse
Te signalas par tant d'exploits,
Si tu n'as plus la même audace,
Ta dent est bonne encor, je crois.
Quittant ta loge accoutumée,
Près de la porte entre-bâillée
Tu viendras te coucher ce soir ;
Si, profitant de cette fente,
L'ennemi par là se présente,
Tu sais comment le recevoir.
Peut-être en cette nuit obscure
Tu peux venir à sommeiller ;
Mais ne crains rien, car je te jure
Qu'une sentinelle bien sûre
A temps saura te réveiller.
C'est vous que cet emploi regarde,
Vous, digne mère Dandinarde,
Dont les aïeules autrefois
Ont, en faisant si bonne garde,
Sauvé Rome de nos Gaulois.
C'est donc à votre vigilance
Qu'est commis le salut de tous ;
Songez qu'en cette circonstance
Vous êtes à la surveillance
Intéressée autant que nous. »

Il dit, et dissout l'assemblée,
Qui, par son chef bien rassurée,

En se souhaitant le bon soir
Tranquillement rentre au dortoir.
C'est ainsi que la Grande Armée
Sans crainte au sommeil se livrait
En sachant que de sa pensée
Napoléon la protégeait.

La nuit se fait. Déjà Morphée
Semant ses humides pavots
Fait à la terre fatiguée
Oublier peines et travaux ;
Mais tandis qu'ainsi tout sommeille,
Le crime prolonge sa veille
Dans les ténèbres de la nuit ;
Le renard avec défiance ,
L'œil au guet, pas à pas s'avance
Sans faire le plus léger bruit.
« O toi, dit-il, aimable Lune,
Qui pour moi viens de te cacher,
Et toi, bienfaisante fortune,
Qui m'entr'ouvres ce poulailler,
Divinités mes protectrices,
Je vous promets pour sacrifices
Tous les os qui vont me rester,
Car nulle offrande parfumée
Ne vous plaît mieux que la fumée
Des os pour vous mis en bûcher. »

Le drôle avait lu son Homère ;
Mais, à très-bonne intention,
Son adroite érudition
Le commentait à sa manière
Pour qu'en son offrande aujourd'hui
La meilleure part fût pour lui.

Aussi, justement courroucées,
Les divinités offensées
Le livrent-elles à son sort :
« Va, scélérat, lui disent-elles,
Au lieu de victimes nouvelles
Tu ne vas trouver que la mort. »

En effet, il marche à sa perte.
A travers la porte entr'ouverte
Dès qu'il commence à se glisser,
Dandinarde du bout de l'aile
Touche Tom qui dort auprès d'elle
Et lui dit : Laisse-le passer.
Puis aussitôt, pour qu'il ne sorte,
Dandinarde pousse la porte ;
A l'instant le fidèle chien
Sur le dos du renard s'élance
Et, nonobstant sa résistance,
Il vous l'étrangle bel et bien.

En sursaut, au bruit de la lutte,
Tout le dortoir se réveillant
Veut fuir, se presse, se culbute ;
Mais Francœur, d'un ton triomphant :
« Dormez, amis, dormez tranquilles ;
Ce cadavre vous dit assez
Que vos craintes sont inutiles
Et que nos périls sont passés.
Vous voyez que si la fortune
Sourit au plan que j'ai tracé,
C'est qu'à la défense commune
Vous avez tous contribué :
Les uns par leur obéissance,
Les autres par leur vigilance

Ont fait réussir mes projets.
Ce n'est qu'en demeurant unie
Que la famille ou la patrie
Peut se promettre des succès.

Cette leçon qu'un coq nous donne
Me paraît bonne à méditer ;
Maint État qu'on pourrait citer,
Sans vouloir offenser personne,
Ferait fort bien d'en profiter.

———————

LA SÉCESSION AU CHENIL,

Pièce sério-comique en deux actes.

PERSONNAGES.

Chiens courants :

CIGARETTE, grand'mère et mère de famille;
BLONDINEAU, son fils;
COQUETTE, sa fille;
TAMBOUR, mari de Coquette;
RAVISSANTE,
BRUNEAU, } enfants de Tambour et de Coquette.
CASTILLO,

Chiens couchants :

DIANE;
ARGUS, fils de Diane.

Chien de salon :

RÉMUS, d'une autre origine.

(Les noms et les généalogies sont tous authentiques.)

ACTE Ier.

LE DÉPART.

Tous les acteurs sont en scène.

TAMBOUR, *s'adressant à eux.*

Vous tous mes compagnons, mes enfants, mes amis,
Ce soir autour de moi je vous ai réunis
Pour traiter en commun une importante affaire.
Unis par les liens d'une amitié sincère,

Notre sort en ces lieux nous semblait assez doux ;
    Mais, de notre bonheur jaloux,
    L'esprit révolutionnaire
    Vient de pénétrer parmi nous.
    Croyez-moi bien, laissons aux hommes
    Ce privilége dangereux ;
    Restons, restons ce que nous sommes,
    Nous n'en serons que plus heureux.
Comme pourtant je ne saurais prétendre,
Sur quelques-uns de vous n'ayant aucun pouvoir,
A vous faire adopter ma manière de voir,
    Il faut, je crois, bien nous entendre
    Sur ce que chacun peut vouloir.
Que chacun donc expose sa pensée,
    Et qu'il nous dise franchement
S'il veut se contenter de notre destinée,
    Ou s'il y veut un changement.

DIANE.

Pour moi, depuis longtemps attachée à mon maître,
Partageant ses plaisirs, partageant ses travaux,
    Je n'aspire point à connaître
    Des pays, des destins nouveaux.
    Oh ! comme ma joie était pleine
Alors qu'avec ce maître aujourd'hui regretté
    Je gambadais à son côté,
    Ou que, sous ses yeux, dans la plaine,
    J'arrêtais lièvres et perdreaux,
Que je voyais tomber sous sa main meurtrière,
    Et dont Lison la cuisinière
    Gardait toujours pour moi quelques morceaux !
Apportée en ces lieux dès ma plus tendre enfance,
J'y rencontrai toujours la même bienveillance ;

Le fils est aujourd'hui pour moi
Ce qu'autrefois était son père.
Rester fidèle à ceux qu'on aime et qu'on révère,
Voilà, messieurs, quelle est ma loi.

ARGUS.

Pourrais-je mieux parler que ne l'a fait ma mère?
Aux affectueux traitements
Je suis aussi sensible qu'elle;
Comme elle aussi je suis fidèle.
Voilà, messieurs, mes sentiments.

RÉMUS.

Et moi donc, et moi donc que mes bonnes maîtresses
Comblent chaque jour de caresses,
Qui seul admis aux honneurs du salon
Semble l'enfant de la maison!
Bien plus, l'une des deux dans l'onde la plus pure
Baigne chaque jour ma fourrure,
Et puis d'un savon parfumé
Mon poil est par elle imprégné.
Sortent-elles dans la campagne,
C'est moi seul qui les accompagne;
C'est moi qui suis leurs plus chères amours.
Près d'elles je veux donc rester toujours, toujours.

BLONDINEAU.

Comme c'est bien là le langage
De ces pieds-plats de chiens couchants,
Et de ces petits chiens rampants
Nés ainsi qu'eux pour le servage!
Mais quant à nous, fiers chiens courants,
Nous avons un autre courage.
Le chien est-il donc fait pour toujours obéir

5

A l'homme qui se dit son maître?
Mais à quels titres reconnaitre
Lequel est plus fait pour servir?
Qui rend pour lui la chasse abondante et facile?
Qui garde sa maison de ville?
Qui garde ses troupeaux des loups?
De lui, malgré sa jactance hautaine,
Nous pouvons nous passer sans peine,
Il ne peut se passer de nous.
N'avons-nous donc pas l'avantage
De la vélocité, la vigueur, le courage?
Au lieu donc de chasser pour lui,
Ne pouvons-nous dès aujourd'hui
Le faire seuls et sans partage?
Pour suivre ce plan si sensé,
Il nous faudra parfois souffrir peut-être,
Mais du moins désormais nous n'aurons plus de maitre,
Et rien ne vaut la liberté.

RAVISSANTE.

De l'oncle Blondineau j'approuve le langage.
Je me sens comme lui des élans de fierté;
Puis, je l'avoue avec sincérité,
Quoique étant, on le sait, une fille très-sage,
Mon cœur serait assez flatté
Que certain joli chien de notre voisinage
A ma jeunesse, à ma beauté
Rendit parfois un tendre hommage.

BRUNEAU.

Castillo, qu'en dis-tu?

CASTILLO.

Toi, qu'en dis-tu, Bruneau?

BRUNEAU.

Je trouve ce projet fort beau.
Faut-il donc que notre jeunesse,
Au sein d'une indigne mollesse,
Toujours végète aux mêmes lieux ?
Moi je suis né très-curieux,
Et je voudrais bien voir l'Afrique.

CASTILLO.

Moi j'aimerais mieux l'Amérique.
J'entends dire qu'en ce pays
Existe une immense prairie
De beau gibier très-bien fournie,
Où les chiens librement en bandes réunis
Mènent une joyeuse vie.

BRUNEAU.

Eh bien ! frère, partons, partons ;
Notre oncle Blondineau nous guide,
Bien assurés, sous une telle égide,
Qu'à notre but nous parviendrons.

CIGARETTE.

Voilà donc, Blondineau, l'effet de tes leçons !
Mon fils, voilà le fruit des soins que ma tendresse
        A prodigués à ta jeunesse.
C'est toi qui viens ici faire germer le mal,
Toi qui de ces enfants trop prompts à ton signal
        Entraînes l'inexpérience.
Ah ! que le ciel n'a-t-il brisé mon existence
        Avant de voir ce jour fatal !

COQUETTE.

Mes chers enfants, écoutez votre mère ;
Prenez pitié de sa douleur.
Si jamais elle vous fut chère,
Pourquoi percer ainsi son cœur?
Songez quelles peines cruelles
Votre départ va me causer,
Dans quelles alarmes mortelles
Votre absence va me plonger
Au moindre signe de tempête,
Je me dirai, pour vous redoutant le danger,
Ont-ils où reposer leur tête,
Ont-ils du moins de quoi manger? .
Renoncez, chers enfants, oh! je vous en supplie,
A ce fatal projet de fuir bien loin de nous;
Avec nous passer votre vie
Est-il donc si cruel pour vous?

BLONDINEAU *(à part, à ses adhérents:)*

Enfants, montrez de l'énergie.
Si vous êtes émus, ne le faites pas voir;
Et puis d'ailleurs cette pleurnicherie
N'est au fond qu'une comédie
Pour ébranler votre vouloir.
Afin de bien prouver que rien ne nous arrête
Quand un projet est par nous décidé,
Partons en criant à tue-tête:
Vive la liberté! vive la liberté!

Ils partent. Tambour, qui les voit insensibles aux prières, ne tente
pas de les retenir. Cigarette et Coquette tombent en pleurant dans
les pattes l'une de l'autre, tandis que Tambour suit les fugitifs d'un
long et triste regard: tableau.

ACTE II.

LE RETOUR.

CIGARETTE.

Oh! mes pauvres enfants, que sont-ils devenus?
Depuis hier au soir on ne les a pas vus;
Peut-être ils sont déjà plongés dans la misère.

BRUNEAU, *arrivant épuisé.*

Oh! la la, que j'ai soif!

CASTILLO.

Oh! la la, que j'ai faim!

BRUNEAU.

Un peu d'eau, ma bonne grand'mère.

CASTILLO.

Ma bonne mère, un peu de pain.

COQUETTE.

Vous voilà, mes enfants! Ah! pour moi quelle joie!
Oh! que je vous embrasse! Oh! qu'enfin je vous voie!
Mais, ciel! comme vous voilà faits!
La faim et la fatigue ont altéré vos traits.
Votre flanc est battu d'une pénible haleine;
Sur vos pieds chancelants vous vous traînez à peine.
Que vous est-il donc arrivé?

BRUNEAU.

Oh! nous ne l'avons pas volé,
Car certes notre ingratitude

Méritait bien une leçon si rude.
Le soir où nous sommes partis,
Ayant tous la panse bien pleine,
Nous avons pu sans trop de peine
Nous coucher sans souper dans un épais taillis ;
Et puis sur un lit de feuillage
On dort aisément à notre âge.

CASTILLO.

Oui, mais dormir ce n'est pas tout,
S'est écrié notre oncle, il faut songer à vivre ;
Disposez-vous donc à me suivre.
Allons, enfants, debout, debout!
Vous voyez cette vaste plaine
Qui s'étend jusqu'à ces coteaux ;
Je suis assuré qu'elle est pleine
De lièvres, cailles et perdreaux.
Avec soin vous allez la battre,
Et tâcher de faire partir
Quelque beau lièvre qu'à nous quatre
Promptement nous devons saisir.
Vainement il prendra la fuite,
Car Ravissante et moi, qui savons bien courir,
Nous le ramènerons au gîte
Où sa carrière doit finir,
Puisque, placés en embuscade,
Et bien tapis dans le creux des sillons,
Vous happerez le camarade
Qu'ensemble nous partagerons.

BRUNEAU.

Ainsi dit, ainsi fait. Notre chasse commence
Et nous donne d'abord la plus belle espérance.
Deux lièvres à la fois lancés

Partent à petite distance ;
Aussitôt, emportés par leur impatience,
Nos deux coureurs partant des deux côtés
Bientôt à nos yeux disparaissent,
Et follement ainsi nous laissent
A nous-mêmes abandonnés.
En vain dans cette vaste plaine
Nous cherchons une goutte d'eau,
En vain courant à perdre haleine
Nous poursuivons un jeune lapereau
Qui dans sa fuite nous entraîne
Jusque sous les murs d'un château
Dont les tours, à la fière mine,
S'élèvent sur un grand caveau
D'où s'échappait une odeur de cuisine
Qui nous chatouillait le cerveau ;
Mais, hélas ! rien qu'à notre approche,
Et cuisinière et marmiton,
L'une avec un balai, l'autre avec un bâton,
Pour un moment abandonnent leur broche
Et nous font détaler bien loin de leur maison.
Enfin, en maudissant la fatale imprudence
Et l'orgueil insensé qui nous ont fait partir,
Nous venons, chers parents, de nouveau recourir
A l'inépuisable indulgence
Qui tant de fois a, depuis notre enfance,
Accueilli notre repentir.

COQUETTE.

Oui, vous pouvez toujours compter sur ma tendresse,
Puisque, mes chers enfants, vous voilà de retour,
Et je voudrais bien que ce jour
Fût tout entier à l'allégresse,

Mais dans mon cœur reste encore un souci :
Que devient maintenant ma pauvre Ravissante ?

RAVISSANTE, *entrant.*

Ma bonne mère, la voici,
Bien honteuse et bien repentante.
Mes frères ont dû vous conter
Comment, lancée à la poursuite
D'un lièvre prompt à décamper,
Je m'étais laissé emporter
Bien imprudemment à sa suite,
Sans avoir pu le ramener
Vers ceux qui l'attendaient au gite.
Mourante de soif et de faim,
Je m'approchais d'une ferme voisine,
Quand je rencontre en mon chemin
Un jeune chien de bonne mine
Qui m'aborde très-poliment,
Me fait un joli compliment
Sur ma taille, sur ma figure,
Sur ma robe, sur ma tournure ;
Je l'écoutais complaisamment,
Lorsque soudain sur nous s'élance
Un loup affreux prêt à nous dévorer.
Mon jeune ami plein de vaillance
S'efforce en vain de l'arrêter ;
Sous lui, malgré sa résistance,
Bientôt il lui faut succomber.
A travers le taillis, d'une course insensée,
Je m'élance loin de ces lieux,
Croyant voir de chaque cépée
Sortir ce monstre furieux.
Dans la frayeur qui me domine,

Le hallier, la ronce, l'épine
Ne peuvent rien pour m'arrêter.
Ma patte toute déchirée,
Ma robe de sang tachetée
Vous disent par quels lieux il m'a fallu passer.

CIGARETTE.

Mais enfin te voilà. Dans mon âme oppressée
Il reste encor pourtant une triste pensée :
De mon fils Blondineau sais-tu quel est le sort?

BLONDINEAU, *au dehors, puis entrant effaré.*

Au secours! au secours! à l'aide, ou je suis mort !

TAMBOUR.

Qu'as-tu donc, Blondineau? Quel sujet te transporte?
Est-il digne de toi de crier de la sorte?

BLONDINEAU.

Vous allez juger si j'ai tort.
Je donnais dans la matinée
Une vigoureuse poussée
A certain lièvre qui d'hasard
Avait une patte cassée;
J'allais bientôt l'atteindre, car
J'avais sur lui grand avantage,
Quand d'une maison du village
Je vois contre moi s'élancer
Deux énormes chiens de boucher,
Dont le moindre eût été de taille
A m'étrangler d'un coup de dent.
A cette inégale bataille
Je me dérobais prudemment,

Quand soudain, pour surcroît d'alarmes,
Je vois arriver deux gendarmes
Qui sur-le-champ, d'un ton brutal,
Me déclarent procès-verbal,
La chasse, ainsi la loi l'ordonne,
N'étant encore ouverte pour personne.
Ils me somment de déclarer
Mon nom, mon rang et ma demeure.
Oui, vous les saurez tout à l'heure,
Mais avant il faut m'attraper.
Et là-dessus je me mets à filer.
Soudain deux coups de carabine,
Dont l'un me rase le museau,
Et l'autre m'effleure l'échine,
Suscitent un péril nouveau;
Car au bruit, aux cris des gendarmes,
Tout le village prend les armes,
Et criant: au chien enragé!
Me poursuit jusqu'à notre pré.
Je les devance un peu; mais leur troupe en furie
Va bientôt arriver ici;
Si vous ne protégez ma vie,
Ils vont me tuer sans merci.

TAMBOUR.

Frère, rassure-toi, car je prends ta défense,
Et tu vas voir quelle influence
Sur ces gens je puis exercer.

(Il sort, et, s'adressant aux poursuivants :)
Messieurs, vous savez tous, je pense,
Sur moi combien on peut compter,
Puisque vous m'avez fait l'honneur de proclamer
Que ma seule et simple parole

N'eut jamais besoin de contrôle.
Eh bien! je viens le déclarer :
Celui qu'une aveugle colère
Sous mon toit poursuit aujourd'hui,
C'est Blondineau, c'est mon beau-frère,
Et je puis répondre de lui.
Donc, pour finir cette aventure,
Rapportez-vous-en à ma foi:
Blondineau n'est pas, je vous jure,
Plus enragé que vous et moi.

(La troupe se retire en criant : *Vive le vertueux Tambour !*)

TAMBOUR, *rentrant.*

Blondineau, tu le vois, cette troupe ennemie
Obéit à ma voix et quitte la partie ;
    Mais tout ce qui vient d'arriver
    Doit vous être à tous très-utile
    Pour désormais vous diriger,
    Si tous vous savez en tirer
    Cette conclusion facile :
    Que le sage aime sa maison,
    Qu'avec plaisir il y demeure,
Et qu'il vaut mieux tenir à sa condition
    Que d'en poursuivre une meilleure.

MINETTE,

CHANSON ET CONTE.

(La chanson sur l'air de Nadaud : *Trompette*, etc.)

———

Chanson.

Minette est le nom de ma chatte
Au joli nez rose, aux yeux verts,
   Clairs,
Et qui sous la main qui la flatte
S'empresse de faire le gros
   Dos.
Minette, Minette, Minette,
  Vous êtes mes amours.
Minette, Minette, Minette,
  Vous me charmez toujours.

Minette est bien un peu friande,
Et ne trouve point à son goût
   Tout ;
Et quoiqu'elle aime bien la viande,
Elle aime encor mieux le poisson
   Bon.
Minette, Minette, etc.

Minette a le cœur assez tendre
Et ne croit point que tout amant
   Ment ;

Aussi parfois on peut l'entendre
Miauler à quelqu'un des siens :
            Viens.
Minette. Minette, etc.

Conto.

Ainsi chantant, la jeune Alice
Faisait en riant le portrait
De la chatte qu'elle adorait,
Et dont elle choyait jusqu'au moindre caprice.
Sur le meilleur coussin, ou même l'oreiller
De son indulgente maîtresse,
Minette engraissait sa paresse
Sans que personne osât la réveiller.
Pourtant dès qu'un coup de sonnette
Annonçait l'heure du repas,
Elle descendait à grands pas
Et venait exiger qu'on chargeât son assiette
Des morceaux les plus délicats ;
Et puis tendrement caressée
Par sa maîtresse à lui plaire empressée,
Elle daignait sur ses genoux
Faire sa sieste accoutumée,
En attendant d'aller terminer sa journée
Sur des coussins encor plus doux.
D'une pareille destinée
Qui n'eût savouré la douceur?
Mais quelle est l'âme assez sensée
Pour apprécier son bonheur?
Minette, hélas! aussi tomba dans cette erreur.

En chatte avide de connaître
Ce qu'on trouvait en d'autres lieux,

Minette étudiait d'un regard curieux
          Ceux qu'on voyait de sa fenêtre.
          « Oh ! disait-elle, quel bonheur
          » D'aller grimper avec audace
» Sur ces toits élevés que j'aperçois en face,
          » Et combien de cette hauteur
          » Mon œil embrasserait d'espace !
          » Certes combien d'objets nouveaux
          » M'apparaîtraient dans ces contrées
          » A ma vue, hélas ! dérobées !
          » Par quels hommes , quels animaux
          » Sont-elles sans doute habitées ?
          » Puis-je ici jamais espérer
          » D'en acquérir la connaissance ?
          » Croupir ainsi dans l'ignorance
          » N'est pas vivre, mais végéter. »

          Ainsi parlant de sa fenêtre,
          Minette n'avouait pas trop
          Que dans les objets à connaître
Elle plaçait surtout un beau chat qu'au galop
          De loin elle avait vu paraître.

          Quoi qu'il en soit, un certain soir,
          Au commencement de l'automne,
          Sans bruit, sans éveiller personne,
          Minette quitte son dortoir.
          Le lendemain chacun s'étonne
          Le matin de ne pas la voir.
          A la chercher on s'évertue ;
          De porte en porte dans la rue
          On fait la même question :
          Monsieur, l'auriez-vous entendue ?
          Madame, l'auriez-vous point vue ? .

Tous de même répondent non.
La pauvre Alice, dont la tête
De douleur est prête à tourner,
Dans le journal fait annoncer
De sa part récompense honnête
A qui pourra lui rapporter
La petite et charmante bête
Qu'elle se plait à signaler.
« Elle a la tête la plus fine
» Et la plus attrayante mine
» Qu'en une chatte on puisse voir ;
» Sa belle fourrure lustrée
» Élégamment est diaprée
» De jaune, de blanc et de noir. »
Mais en vain la susdite annonce
Fut répétée à plusieurs fois,
Et du journal les mille voix
Restèrent toujours sans réponse.

Que faisait pendant ce temps-là
Notre imprudente curieuse
Qui de sa course aventureuse
Se repentait, hélas ! déjà ?
Car l'objet principal de sa folle équipée,
Brusquet, si cher à sa pensée,
Brusquet ne se trouvait pas là.
Courtisant la brune et la blonde,
Sans grand échange de soupirs,
Monsieur, au gré de ses désirs,
Était allé courir le monde.
Par les plus doux miaulements
Vainement Minette l'appelle ;
Mais Brusquet ignorant ses tendres sentiments
Cherchait ailleurs une autre belle,

Et puis la pauvre demoiselle
Allait être exposée à bien d'autres tourments.

    e jour bientôt allait paraître ;
En attendant le lever du soleil,
    Un pauvre peintre à sa fenêtre
    Observait l'orient vermeil.
    Sur une lucarne voisine
    Il aperçoit notre héroïne
    Qui marchait délicatement,
    « Corbleu ! se dit-il, quelle fête
    » Si de cette admirable bête
  » Je pouvais faire un civet succulent ! »
    Là-dessus d'une cordelette
Il se fait un lacet qu'il lance adroitement,
    Et dans lequel notre Minette
    Se trouve prise en un moment.
    Contre le lien qui l'entraîne,
    La bête lutte à perdre haleine,
L'autre de son côté tire sur son lacet ;
    Heureusement que la corde pourrie
    Casse, à l'une sauve la vie,
    A l'autre enlève son civet.
    Minette faisant la culbute,
    Se meurtrissant de chute en chute,
    Tombe enfin au bout d'un verger,
    A la porte d'une écurie
    D'où sort aussitôt en furie
    Un chien tout prêt à l'étrangler.
    Pour se dérober à sa rage,
    Minette, en ce pressant danger
    Qui lui rend un peu de courage,
    Enfile un petit escalier
    Qui la conduit dans un grenier,

Où, derrière un tas de fourrage,
Elle parvient à se cacher.
Mais un ennemi plus terrible,
La faim, vient bientôt l'y presser.
Son aiguillon irrésistible
La détermine à tout braver.
Sentant l'odeur de la cuisine
S'exhaler d'une cour voisine,
Elle descend timidement,
Et de sa voix la plus mignarde
Humblement elle se hasarde
A demander quelque aliment;
Mais aussitôt la cuisinière,
Le petit groom, le marmiton,
Avec balai, fourche, bâton,
Lui font regagner sa tanière.
Que faire, hélas! que devenir?
De faim il faudra donc mourir!
Elle, autrefois si dédaigneuse
Pour les mets les plus délicats,
S'estime aujourd'hui bien heureuse
D'attraper quelques maigres rats;
Mais, peu formée à cette guerre,
Souvent elle n'en trouve guère,
Souvent elle n'en trouve pas.
« Oh! tristement se disait-elle,
» Combien je mérite mon sort!
» Une chatte ingrate, infidèle
» Ne peut prétendre qu'à la mort.
» Pourtant de ma bonne maitresse
» Si de mon coupable abandon
» J'allais implorer le pardon,
» L'obtiendrais-je de sa tendresse,
» En lui jurant pour l'avenir

6

» Que ma vive reconnaissance,
» Mon dévouement et ma constance
» Lui prouveraient mon repentir. »

Dans cette excellente pensée,
Minette trouvant, une nuit,
Une fenêtre non fermée,
Dans la maison rentre sans bruit.
Le matin, on la voit paraître,
Le regard morne, l'air honteux,
Les flancs maigres, le poil fangeux,
C'est à ne pas la reconnaître,
Et cependant un cri joyeux
Part et monte jusqu'à l'oreille
D'Alice encor entre ses draps.
« Qui donc en sursaut me réveille,
» Et d'où me vient tout ce fracas? »
Dit-elle en sonnant sa soubrette.
« Mademoiselle, c'est Minette
» Qui vient de revenir là-bas.
» — Minette! ah ciel! oh quelle joie!
» Qu'on me la rapporte à l'instant.
» Mais courez donc, que je revoie
» Cette pauvre et trop chère enfant! »
Dès qu'elle la voit, sa tendresse
Lui prouve par mainte caresse
Qu'elle n'a rien perdu de son affection,
Et que sa maîtresse affolée
Est toujours toute disposée
A la choyer outre raison,
Tandis que, désormais plus sage,
Minette jure en son langage
De ne plus quitter la maison.

———

A BIBI,

CHIEN DE Mme P.....

———

Joli, petit, mignon Bibi,
A bon droit cher à ta maîtresse,
Chacun de nous comme elle ici
Est charmé de ta gentillesse.
C'est vraiment plaisir de te voir
Avec ta si drôle de mine,
Où sur ton poil blanc comme hermine
Se détache ton museau noir.
Dans tes yeux noirs quelle finesse!
Quel air un peu malicieux!
Quelle grâce et quelle prestesse
Dans tes ébats vifs et joyeux!
A ta bonne et tendre maîtresse
Avec ce petit air mutin
Tu rends caresse pour caresse,
Et c'est bien fait, charmant lutin,
Car si quelque sombre pensée
Sur son front venait à peser,
Par ta gentillesse empressée,
C'est à toi de l'en détourner.
Certain auteur que l'on renomme
A dit qu'en fait de sentiment
Le chien souvent vaut mieux que l'homme,
Tu le prouveras sûrement.

————————

BIBI ET MINETTE.

Bibi, tout petit chien de la charmante espèce
    De ceux dont d'habiles pinceaux
    Nous ont dans quelques vieux tableaux
    Fait revivre la gentillesse,
    Bibi certes mériterait
    Par sa figure distinguée
    Que dans quelque fameux musée
    On plaçât aussi son portrait.
De son côté, Minette est une chatte
    D'une nature délicate,
    Avec de très-jolis yeux verts
    A demi clos quand la lumière
    Frappe vivement sa paupière,
    Mais le soir finement ouverts,
    Car dans sa robe diaprée
    De jaune, de blanc et de noir,
    Elle dort toute la journée
    Et ne s'éveille que le soir.

    Donc, dans la maison qu'elle habite,
    Un certain soir, le petit chien
    Étant venu rendre visite,
    Tout alla d'abord assez bien.
    Mais la cuisinière empressée
    A les régaler à souhait,

Leur ayant fait une pâtée
De sucre, de pain et de lait,
Très-habilement mélangée
De nombreux débris de poulet,
La guerre fut entre eux à l'instant déclarée.
  « C'est pour moi tout ce bon pâté,
  » Disait Bibi, la chose est claire,
  » Et je vois qu'ici l'on veut faire
  » Honneur à l'hospitalité.
  » — Pour toi seul! lui répond Minette;
  » Pauvre, chétif, petit Bibi,
  » Aspirerais-tu donc ici
  » A me disputer cette assiette?
  » Garde-toi bien d'en approcher,
  » Et d'ici décampe au plus vite,
  » Ou sinon je vais te montrer
  » Comment je traite un parasite. »
Là-dessus Minette allongeait,
En grondant, ses griffes aiguës;
Jappant très-fort, Bibi montrait
De petites dents très-pointues.
Aucun des deux pourtant n'osait
Le premier engager l'affaire,
Et, redoutant son adversaire,
Ni l'un ni l'autre n'avançait,
Et cependant la faim pressait.
Enfin Minette la première
Se décide à prendre un parti :
  « Écoute-moi, petit Bibi,
  » Je ne veux point faire la fière,
  » Et je confesse bonnement
  » Que prolonger cette querelle,
  » Quoique la cause en soit bien belle,
  » Serait agir fort sottement;

» Car si chacun de nous s'obstine
» A tout vouloir prendre pour soi,
» Tout sera perdu, j'imagine,
» Aussi bien pour toi que pour moi.
» Ne serait-il donc pas plus sage
» De finir la discussion,
» Et de trancher la question
» Par un équitable partage? »
Bibi lui répond à l'instant :
« A mon tour, ma foi, je confesse
» Qu'en cette affaire ta sagesse
» Ouvre l'avis le plus prudent.
» De cette excellente pâtée
» Prenons donc chacun la moitié,
» Et sur cette assiette vidée,
» Par nous en autel transformée,
» Jurons-nous constante amitié. »
Aussitôt leur langue empressée
Se met à laper la pâtée
Jusqu'au fond, sans en rien laisser,
Et chacun d'eux, le cœur tranquille,
En rentrant dans son domicile,
Tout doucement va se coucher.

Malgré leur nature opposée,
Ainsi donc le chat et le chien
Peuvent parfois s'entendre bien;
Pour notre race plus sensée
La chose semblerait de beaucoup plus aisée,
Mais je ne veux jurer de rien.

PIÈCES DIVERSES.

MON SOIXANTE-SEIZIÈME ANNIVERSAIRE

(1ᵉʳ novembre 1873).

Dans le cours de cette journée,
Le temps posant sa main sur mes cheveux blanchis
Vient de jeter encore une nouvelle année
    Sur quinze lustres accomplis.
Quand, reportant mes regards en arrière,
De mes ans écoulés je remonte le cours,
    Je me demande, au bout de ma carrière,
    Quel emploi j'ai fait de mes jours.
    Votre bonté, votre puissance,
    O mon Dieu, je le reconnais,
    M'ont toujours, depuis mon enfance,
    Jusqu'ici comblé de bienfaits.
Lorsque, sorti de cette époque impie,
Où votre nom était proscrit et blasphémé,
    A peine j'entrais dans la vie,
Mon cœur déjà vers vous se sentait entraîné.
    Quand le mépris de votre loi suprême

Semait le doute autour de moi,
Mon cœur inclinait de lui-même
Vers le respect de cette loi.
Des orages fatals à l'ardente jeunesse,
    Ainsi, mon Dieu, vous m'avez défendu;
Sur maint écueil funeste à la faiblesse
    Ainsi vous m'avez soutenu.
        Puis vers tant d'œuvres sans pareilles
        Dont brillent la terre et les cieux,
        Vers tant d'ineffables merveilles
        Vous avez élevé mes yeux.
Ces globes lumineux que votre main puissante
    A lancés dans l'immensité,
En soumettant leur course obéissante
A l'ordre permanent que vous avez fixé;
La majesté du chêne ou du cèdre superbe,
        Le doux parfum de l'humble fleur,
        De qui la modeste couleur
        Se distingue à peine sous l'herbe,
        Touchent également mon cœur.
Dans ce vaste univers dont mon âme immortelle
Ne connait aujourd'hui qu'un point si limité,
Tout me parle pourtant, tout déjà me révèle
        Votre grandeur, votre bonté.

        Les ouvrages mêmes des hommes
        Ne sont encor qu'un de vos dons,
        Car, mon Dieu, le peu que nous sommes,
        C'est à vous que nous le devons.
        Les lettres, les arts, les sciences,
        Toutes ces nobles connaissances
        Dont l'éclat nous enorgueillit,
        Sont filles de l'intelligence
        Qu'Adam reçut à sa naissance

Par le souffle de votre Esprit.
Oh! combien je vous remercie
De tant de dons si précieux!
Oh! combien ils ont à ma vie
Procuré de moments heureux!
La route cependant eût été bien plus dure
Si vous ne m'aviez pas donné
Une compagne aimable et sûre,
Par qui le poids du jour fut toujours partagé.
Tous deux, depuis quarante années,
Associant nos destinées,
Nous avons constamment suivi même chemin,
Elle comptant sur moi, moi m'appuyant sur elle,
Et chacun demeurant fidèle
A marcher la main dans la main.

A mon tour, qu'ai-je fait, Seigneur, pour reconnaitre
Ce que vous avez fait pour moi,
Quand tant d'autres à qui vous avez donné l'être
N'ont pourtant jamais su connaitre
Ni votre nom, ni votre loi?
D'où provient cette différence,
Dont se trouble mon ignorance?
Vous seul, Seigneur, vous le savez;
Certes votre sagesse auguste
Est toujours bonne, toujours juste,
Et pour moi ce doit être assez.
Sans vouloir follement prétendre
A sonder vos divins décrets,
Songeons plutôt, songeons sans plus attendre
Au compte qu'il me faudra rendre
De ces dons que vous m'avez faits.
Si ce compte était trop sévère,
Que deviendrais-je, malheureux!

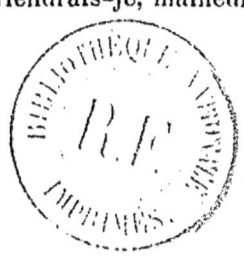

Si je n'avais en vous un père
Plutôt qu'un juge rigoureux ?
Confiant en votre clémence,
Et non en ma faible vertu,
En vous, mon Dieu, j'ai mis mon espérance,
Je ne serai pas confondu.

LA COMÈTE DE JUILLET 1874 (1).

Au sein de cette nuit obscure,
Quel est cet astre radieux
Dont la brillante chevelure
Se projette au loin dans les cieux ?
Grands savants, de son arrivée
Étiez-vous bien tous avertis?
De sa vi   inopinée
N'êtes-vous pas un peu surpris ?
Je sais qu'en leur sublime audace
Vos calculs ont fixé la place
De cent autres astres divers;
Je sais que votre intelligence
D'un bond franchit toute distance
Jusqu'aux confins de l'univers;
Mais ces astres errants qui parcourent le monde
En ne se montrant qu'une fois,
Qui, dans leur course vagabonde,
Semblent braver toutes vos lois,
Pourrez-vous quelque jour nous dire
De quel point du céleste empire
Ils arrivent ainsi vers nous ?

(1) Cette comète très-brillante, mais qui n'est restée sur notre
horizon qu'une partie du mois de juillet, a été dite comète de Coggia,
du nom de l'astronome de Marseille qui le premier l'a signalée.

Pourrez-vous enfin nous apprendre
S'ils ne vont point ailleurs surprendre
D'autres astronomes que vous?
Dieu seul le sait, lui dont la main puissante
En tous les sens les a lancés,
Sans qu'en leur course obéissante
Ils confondent jamais leurs orbes enlacés.
Pour nous un jour viendra peut-être
Où sa bonté faisant connaître
Jusqu'où peut aller son pouvoir,
A jamais frappera nos yeux et nos oreilles
De mille et mille autres merveilles
Qu'ici nous ne pouvons prévoir.

Ainsi que l'astre en sa carrière
S'accompagne de la lumière
Qui le signale à tous les yeux,
Puisse notre âme, ainsi remontant vers sa source,
Avoir, pour éclairer sa course,
Le flambeau des vertus qui conduisent aux cieux !

L'ANGE GARDIEN.

Sur ma paupière fatiguée
Que le sommeil est lent à s'épancher !
Quels cruels souvenirs sur mon âme oppressée
En même temps viennent peser !
O toi que depuis ma naissance
Le Tout-Puissant daigna charger
De veiller sur mon existence,
Toi qu'il m'est si doux d'implorer,
Viens, ô mon ange tutélaire,
Du bout de ton aile légère¹
Toucher mes yeux appesantis;
Avant que la nuit ne s'achève,
Viens me montrer dans un beau rêve
Tous ces êtres si chers que la mort m'a ravis.

Mais que vois-je ? O ciel ! c'est lui-même
Qui se manifeste à mes yeux.
Sept étoiles formant un brillant diadème
Couronnent son front radieux.
Sa main droite agitant sa flamboyante épée
Chasse la troupe épouvantée
Des noirs esprits nos tentateurs;
L'autre sur ma couche brûlante
Avec une fleur bienfaisante
Épanche l'oubli des douleurs.

Quel consolant spectacle à l'instant se découvre
    A mes regards éperdus et charmés !
Dans un nuage d'or que lui-même il entr'ouvre
L'archange me fait voir tous ceux que j'ai pleurés.
Ils ne se montrent plus tels qu'ici la vieillesse
        Ou la mort nous les avait faits;
    Une immortelle et céleste jeunesse
        Brille dans leurs yeux et leurs traits.
« Vois, me dit-il, âme trop désolée,
        Vois les objets de tes douleurs,
        Et comprends que leur destinée
        Ne doit plus t'arracher de pleurs.
Songe que chacun d'eux sans cesse te contemple,
        Et qu'il t'a laissé son exemple
    Pour te guider au séjour bienheureux;
Efforce-toi de marcher sur leur trace
Si tu veux mériter d'obtenir une place
        Un jour dans le ciel auprès d'eux. »

        Quelles grâces puis-je te rendre,
        O mon céleste protecteur ?
        Que ta parole est forte et tendre!
        Comme elle pénètre mon cœur!
        Oui, je veux marcher dans la route
        Que devant moi tu viens d'ouvrir;
Mes pas plus d'une fois chancelleront sans doute,
Mais je te sens toujours prêt à me soutenir.
        Lorsqu'une accablante tristesse
        De nouveau viendra m'assaillir,
        Lorsque la crainte ou la faiblesse
        Me feront encor défaillir,
        A ma prière suppliante
        Ton oreille compatissante,
        Je le sais, s'ouvrira soudain;

Tu dissiperas les orages,
Et les plus ténébreux nuages
S'éclaireront sous ton regard divin.
Ainsi je pourrai, je l'espère,
Atteindre à ce moment prospère,
Peut-être, hélas! trop loin encor,
Où, sur tes secourables ailes,
Vers les demeures éternelles
Mon âme prendra son essor.

LE CHÈVREFEUILLE.

Chèvrefeuille dont la verdure
Seule égayait un peu ma cour
Qu'attristait encor le retour
De la pluie et de la froidure,
Je viens de voir le jardinier
Abattre ton épais feuillage,
Et sous le ciseau qui l'outrage
Faire tomber l'asile hospitalier
Où les oiseaux du voisinage,
Quand arrivait le soir, quand survenait l'orage,
Aimaient à se réfugier.
Pauvres oiseaux, troupe autrefois joyeuse,
Qu'allez-vous dès lors devenir?
Pendant la saison rigoureuse
Combien vous aurez à souffrir !
Hélas ! plus d'un de vous peut-être,
Lorsque renaîtront les beaux jours,
Ne viendra plus sous ma fenêtre
Abriter ses jeunes amours.
L'arbuste cependant de ses fleurs embaumées
Parera ses rameaux touffus,
Sans nul souci des destinées
De ceux qu'il ne reverra plus.
Ici serai-je encor moi-même ?
Petits oiseaux, le sort est égal entre nous,

Et pour moi le moment suprême
Peut arriver comme pour vous.
Mais votre tâche est accomplie :
Vous n'aurez plus à célébrer
Celui qui vous donna la vie
Pour voler, aimer et chanter.
Pour moi, je sens qu'à mon âme immortelle
Ce Dieu réserve un tout autre avenir ;
Oui, ma carrière est éternelle
Et ne peut brusquement finir.
Ce désir incessant d'aimer et de connaître,
Que rien ne peut jamais satisfaire ici-bas,
Le Dieu qui dans nous seuls lui-même l'a fait naître
Certes ne le trompera pas !

Arbuste gracieux, toi dont la destinée
A réveillé chez moi l'idée
De mon glorieux avenir,
Quand reparaîtra la verdure
Tu vas reprendre ta parure,
Mais enfin pour toujours il te faudra mourir.
Du moins, pendant ton court passage,
Par tes parfums et par ta fleur
Tu nous seras un témoignage
De la bonté du Créateur,
Qui daigne encore embellir cette terre
Dont nos forfaits et non pas sa colère
Ont fait un séjour de douleur,
Et qui, dans ces tristes journées
Où sur nos fronts viennent s'appesantir
Des peines par trop méritées ,
Veut bien pourtant les adoucir.

———

7

CE QUE L'ON VOIT DE MA FENÊTRE.

De l'autre côté de la rue
Devant moi je vois se dresser,
Pour me servir de point de vue,
Un mur couvert de vieux mortier,
Et qui n'offre aucune autre issue
Que la fenêtre d'un grenier.
Mais si, lassés de cet obstacle,
Mes yeux un peu plus loin cherchent où se poser,
Oh! quel agréable spectacle
Vient à l'instant les reposer!
Un groupe d'arbres magnifiques
Pare la vaste cour de l'hôtel somptueux (1)
Que des murailles trop rustiques
Masquent en partie à nos yeux.
Le platane et le sycomore
Ensemble montent vers le ciel;
Près d'eux le sureau se décore
Des blanches fleurs où, dès l'aurore,
L'abeille vient puiser son miel;
A leurs ombres mêlant ses ombres,
Le cèdre au port majestueux
Étend au loin les rameaux sombres
Élancés de son tronc noueux;

(1) Hôtel de Maussabré.

L'acacia, dont le léger feuillage
  Offre de plus douces couleurs,
  Embaume au loin le voisinage
  Du parfum de ses jeunes fleurs.

  Sur ce qu'on voit de ma fenêtre
  Si l'on faisait réflexion,
  On en pourrait tirer peut-être
  Quelque profitable leçon :
  Il est sans doute dans la vie,
  Hélas ! plus d'un moment fâcheux ;
  Ce que vous voyez vous ennuie,
  Ce qu'on vous dit vous contrarie,
  Ce qu'on vous fait est odieux ;
Eh bien ! au lieu d'arrêter votre vue
  Sur ces objets fastidieux,
  Plus haut, plus loin que votre rue
  Portez vos regards vers les cieux.

MA VIEILLE TABLE.

———

Que je t'aime, ma vieille table,
Avec ton tapis jadis noir
Et ton double et profond tiroir
D'un usage si secourable !
Certes tu ne peux te flatter
D'être en rien conforme à la mode,
Mais pourtant comme il m'est commode
Sur toi de lire ou travailler !
Là souvent la littérature
M'a prodigué ses douces fleurs ;
Là parfois la science pure
M'a révélé ses profondeurs ;
Plus souvent encor, de l'histoire
Là j'ai condensé les leçons
Pour les fixer dans la mémoire
De ses plus jeunes nourrissons ;
Puis, dans le long cours de ma vie,
D'autres efforts se sont portés
Tantôt sur la géographie,
Tantôt sur l'archéologie,
Et Paris les a couronnés (1).
Puis, servant à d'autres usages,

(1) Mentions et médailles accordées par le Comité impérial des travaux historiques à l'*Essai sur la géographie du pays des Pictons* et au *Répertoire archéologique du département de la Vienne*.

Cette table a vu de mes mains
Sortir d'éminents personnages,
Ou d'agréables paysages,
Tous, sujets de nombreux dessins.
Enfin, singulière manie!
Avec tant de travaux divers,
J'ai là, sans crainte de l'envie,
Griffonné des milliers de vers.
A toi donc, meuble vénérable,
Maint souvenir doit m'attacher,
Et si pour un plus confortable
On voulait un jour te changer,
Non! dirais-je, ma vieille table,
Je tiens trop à te conserver.

Après moi, dans mon héritage
Lorsque mon fils te trouvera,
Moi qui le connais bien, je gage
Qu'à son tour de même il dira :
Combien j'ai fait sur cette table
De thèmes et de versions ;
Combien j'ai fait d'excursions
Et dans l'histoire et dans la fable ;
Souvent, la carte sous les yeux,
En tous sens à travers le monde
Poussant ma course vagabonde,
Combien j'ai visité de lieux !
Des leçons de mon bon vieux père
La mémoire m'est toujours chère ;
Tout ce qui peut la rappeler
Avec soin est bon à garder.
Si donc, ô meuble vénérable,
Pour un autre plus confortable
On voulait un jour te changer,

Non ! dirais-je, ma vieille table,
Je tiens trop à te conserver.

Mon petit-fils Georges lui-même,
Quand il sera devenu grand,
Pourra bien, oh ! plaisir extrême !
Se rappeler ses jeux d'enfant.
C'est, dira-t-il, sur cette table
Que dans un ordre irréprochable
Je rangeais le long bataillon
De mes fantassins de carton ;
Derrière eux la cavalerie
En escadrons se déployait,
Et sur leurs flancs l'artillerie
De ses canons les appuyait.
Je vois encor mon bon grand-père
Qui tout joyeux applaudissait
A ma science militaire,
Puis en riant me prédisait
Que lors de la première guerre
Je serais bientôt caporal,
Et que, par mon rare mérite,
De grade en grade montant vite,
J'arriverais à général.
A toi donc, meuble vénérable,
Ce souvenir doit m'attacher,
Et si pour un plus confortable
On voulait un jour te changer,
Oh! non ! dirais-je, vieille table,
Je tiens trop à te conserver.

MA PENDULE.

De ma pendule en marbre noir,
Modeste meuble de famille,
Je regardais, un certain soir,
Fort inégalement marcher la double aiguille.
Tandis que l'une s'avançait
Avec une lenteur extrême,
Et du cadran ne parcourait
Dans une heure que le douzième,
L'autre rapidement courait,
Faisait un tour entier, et pourtant arrivait
En même temps au point extrême.

En se donnant beaucoup de mouvement,
Combien de gens de même usent leur vie
Pour arriver au but qu'en dépit de l'envie
D'autres atteignent doucement !

Sur son aile silencieuse
Tandis que cette heure s'enfuit,
Plus d'une pensée anxieuse
Se succède dans mon esprit :
Pendant ces courts instants, combien la terre entière
A-t-elle vu surgir à la lumière
D'hommes, de plantes, d'animaux !
Que de milliers elle a vus naître,

Et que de milliers disparaître
Pour faire place à des milliers nouveaux !
Ainsi donc la mort et la vie
Se succèdent dans l'univers,
Et cette loi toujours suivie
Régit tous les êtres divers !
L'impalpable grain de poussière
Et l'astre dont l'éclat ne se peut soutenir
Ont vu commencer leur carrière,
Et la verront aussi finir.

Pendant cette heure fugitive
Dont je compte ici les instants,
Quelque part peut-être il arrive
Un de ces grands événements
Qui doivent par leur importance
Changer la face des États,
Et que pourtant notre ignorance
Bien souvent ne soupçonne pas.
Ainsi quand naissait Alexandre,
Qui dans le monde le savait ?
Qui dans ce moment prévoyait
Où son empire allait s'étendre ?
Ainsi sur ses hardis vaisseaux
Lorsque Colomb voyait du sein des eaux
S'élever une île inconnue (1)
Dans l'Océan presque perdue,
Qui pouvait alors deviner
Que sa découverte féconde
Allait enrichir le vieux monde
D'un nouveau monde tout entier ?

(1) San-Salvador, première découverte de Colomb, dans le groupe des îles Lucayes (11 octobre 1492).

Ainsi, fait bien plus mémorable !
Lorsque dans une pauvre étable
Le Sauveur du monde naissait,
A part quelques bergers, eh ! qui donc connaissait
De cet enfant divin la soudaine existence,
Et qui surtout en prévoyait
L'inénarrable conséquence ?

Ainsi donc, dans tout l'univers,
Sous la main du Dieu qui le guide
Le temps, dans sa course rapide,
Voit naître mille faits divers
Dont ici-bas pour notre faible vue
La cause demeure inconnue,
Mais sur lesquels plus tard nos yeux seront ouverts.
Ce temps dont nous n'avons seulement que l'usage,
Oh ! comme avec sagesse il faudrait l'employer !
Car, comme le disait un sage (1),
Le temps, ce bien si passager
Que notre folie indiscrète
Se plaît souvent à gaspiller,
Est cependant, à n'en pouvoir douter,
L'étoffe dont la vie est faite,
Étoffe bien à ménager !

(1) Franklin, inventeur du paratonnerre.

LA DANSE DES ATOMES.

Avez-vous vu par la fenêtre
Entrer un rayon de soleil
Qui semble venir donner l'être
A tout un monde sans pareil ?
Dans cette bande de lumière
On voit en tous sens s'agiter
Des grains de subtile poussière
Qu'aucun œil ne pourrait compter.
Sur leur fugitive existence
Si l'on venait à méditer,
On trouverait bientôt, je pense,
Que plus d'un point de ressemblance
Avec la nôtre est à noter.
Dans cette lumineuse bande
D'où, se dit-on, sont-ils venus ?
En sortent-ils, on se demande :
Que sont-ils déjà devenus ?
De ces petits grains de poussière
Je veux pourtant, quelques moments,
Pendant leur si courte carrière
Étudier les mouvements.
Les uns sur une onde paisible
Semblent tout doucement portés ;
D'autres par un souffle invincible
Paraissent sans cesse emportés ;

D'autres montent; d'autres descendent;
D'autres par leur éclat commandent
A ceux qui roulent autour d'eux;
Puis le point si brillant s'efface,
Puis un point obscur le remplace,
Et soudain devient lumineux.
Mais voilà qu'un traître zéphyre
Vient bouleverser cet empire
Qui sous nos yeux se déroulait,
Et puis, catastrophe suprême!
Le soleil, le soleil lui-même
Se dérobe, et tout disparaît.

Et nous pourtant, nous faibles hommes,
Malgré nos dédains orgueilleux,
Atomes aussi, nous ne sommes
Que points obscurs ou lumineux.
Quand nous arrivons à la vie,
Qui peut dire d'où nous venons?
De même, quand elle est finie,
Qui peut savoir où nous allons?
Pendant cette courte existence,
Quelle fatale différence
Trop souvent est mise entre nous?
Les uns, grâce à leur caractère,
Ou quelque autre cause étrangère,
Jouissent du sort le plus doux;
D'autres, par leur propre folie,
Ou par quelque cause ennemie,
Du malheur subissent les coups.
Sur le fond de la masse sombre,
Où si peu se font distinguer,
D'autres, mais en bien petit nombre,
D'un vif éclat viennent briller.

Les uns ont signalé leur vie
Par la vertu, par le génie,
Par l'héroïsme ou le talent ;
D'autres, enfants de la victoire,
Ont reçu des mains de la gloire
Un laurier, hélas ! trop sanglant.
Mais, quelle que fut leur fortune,
Tous ont dû de la loi commune
Subir les rigoureux arrêts,
Tous ont dû dans ce gouffre sombre
Que le passé tient dans son ombre
S'ensevelir, et pour jamais.

Pour jamais ! non ! Triste pensée
Qui ne peut être vérité !
Une plus noble destinée
Par Dieu doit être réservée
A cet homme qu'il a créé ;
Et puisque c'est à son image
Que lui-même il l'a façonné,
Ce doit être pour nous le gage
Que c'est pour l'immortalité.

LES HIRONDELLES.

O vous, légères hirondelles
Qui, rapides comme l'éclair,
De vos infatigables ailes
Sillonnez les plaines de l'air,
Quand le malheur sur notre vie
Fait tomber de si rudes coups,
Combien votre sort que j'envie,
Combien votre sort est plus doux!
Sur nous, attachés à la terre,
Les maux, la douleur, la misère
Souvent, hélas! viennent peser;
Si nous fuyons notre patrie,
En tous lieux leur troupe ennemie
Promptement sait nous retrouver.
Mais vous, sitôt que nos contrées
Même de loin sont menacées
Du triste retour des frimas,
Vos troupes en ordre assemblées,
Avant les premières gelées,
Partent pour de lointains climats.
Sans craindre le souffle d'Éole,
Sans chef, sans guide, sans boussole,
Votre vol intrépide et sûr
Vous fait trouver sur d'autres rives

Un soleil aux ardeurs plus vives,
Un ciel d'un plus limpide azur.
Puis, lorsque cet autre rivage
Cesse d'être clément pour vous,
Un nouvel et hardi voyage
Vous ramène au milieu de nous.
Quel plaisir, chères voyageuses,
De vous entendre au point du jour
M'annoncer de vos voix joyeuses
Que le printemps est de retour!
Quel plaisir de vous voir paraître,
Sous mon toit, près de ma fenêtre,
Retrouver le nid paternel,
Ou raser le sol de nos rues,
Ou vous élever dans les nues,
En heureuses filles du ciel!

Mais nous cependant, ô mes belles,
Nous aurons aussi notre tour,
Si les demeures éternelles
Deviennent notre heureux séjour.
Parmi ces millions de mondes
Qu'a laissés de ses mains fécondes
Tomber le créateur des cieux, .
Où ce soleil, dont la lumière
Éblouit nos trop faibles yeux,
N'est qu'un grain de cette poussière,
Ensemble d'astres radieux,
Combien d'admirables spectacles,
Combien d'ineffables miracles
Viendront à nous se présenter!
Dans des routes toujours ouvertes
Que d'étonnantes découvertes
A poursuivre sans se lasser!

Si donc, au terme de la vie,
Grâce à la clémence infinie
D'un Dieu toujours si bon pour nous,
Nous suivions ces routes nouvelles,
Nous irions, chères hirondelles,
Bien plus haut et plus loin que vous.

LE COUCHER DU SOLEIL

APRÈS UNE JOURNÉE DE PLUIE.

————

Mon Dieu! quelle triste journée!
D'épais et lourds nuages gris
Se succèdent chargés de pluie et de soucis
Qu'ils déversent sur la contrée.
Mais voici qu'à la fin du jour,
Rompant tout à coup sa barrière,
Le soleil enfin de retour
Verse des torrents de lumière.
Voyez, là-bas, au milieu du hameau,
Comme de cette vieille église
Il ranime la teinte grise,
Et comme, en effleurant la crête du coteau,
A travers l'humide feuillée,
Il va, de ses rayons vainqueurs,
Jusqu'au plus creux de la vallée,
Rendre à tous les objets leur forme et leurs couleurs
Qui sous un voile de vapeurs
Se dérobaient à la vue attristée.
Ce gros nuage au teint cuivré
Qui sur nos têtes flotte encore
D'un filet éclatant sur chaque bord se dore,
Puis du plus riche ton pourpré
Enfin tout entier se colore.

Maintenant l'astre radieux,
Bien assuré de sa victoire
Et sur la terre et dans les cieux,
Descend lentement dans sa gloire
Vers l'occident qu'il laisse inondé de ses feux.

O vous dont l'âme est parfois assombrie
Par ces chagrins auxquels nul ne peut échapper
Et que, pour mieux nous éprouver,
Dieu nous envoie en cette vie,
Afin un jour de les payer
D'une récompense infinie,
Quand ce temps d'épreuves viendra,
Dites-vous bien : Voici la pluie,
Mais le soleil reparaîtra.

DÉPART POUR LA CAMPAGNE

A LA FIN D'AVRIL.

Les hirondelles voyageuses
Gazouillent dès le point du jour
Et disent de leurs voix joyeuses
Que le printemps est de retour.
La campagne est déjà bien belle !
Que rien n'arrête ici vos pas ;
Louise, là tout vous rappelle ;
Partez, partez, ne tardez pas.

Dans ce réveil de la nature,
Les bois ne sont pas encor verts,
Mais les prés au loin sont couverts
D'un riche tapis de verdure.
Parés de riantes couleurs,
Vos lilas avec grâce étendent
Leurs rameaux tout chargés de fleurs ;
Les doux parfums qu'elles répandent
Embaument l'air de toutes parts,
Et mille autres fleurs vous attendent
Pour éclore sous vos regards.
L'impatiente Philomèle,

Jalouse en vain de votre voix,
Vous provoque à venir contre elle
Engager la lutte nouvelle
Qui doit encor charmer nos bois.

Oui, la campagne est déjà belle ;
Que rien n'arrête ici vos pas ;
Louise, là tout vous rappelle ;
Partez, partez, ne tardez pas.

Ici tout dérobe à la vue
Du ciel le consolant azur ;
Notre horizon c'est une rue,
Ou trop souvent un triste mur.
Bien plus, hélas ! l'âme elle-même
Que tout conspire à comprimer,
Vers ce beau ciel, son bien suprême,
A plus de peine à s'élever.
Aux champs, le regard sans obstacle
Jouit de l'imposant spectacle
Que présente le firmament,
Et de la montagne à la plaine,
De la forêt à la fontaine
Il se promène librement.
L'âme puissamment soulevée
D'une course plus assurée
Remonte vers son Créateur,
En trouvant sans cesse autour d'elle,
Dans tout, une preuve nouvelle
De sa bonté, de sa grandeur.
Puis, quand arrive la tempête,
Quand du malheur sur notre tête
Vient peser la commune loi,
Quand tout nous manque sur la terre,

Quand en Dieu seul notre âme espère,
Elle le sent plus près de soi.

Oui, la campagne est bonne et belle;
Que rien n'arrête ici vos pas!
Louise, là tout vous rappelle;
Partez, partez, ne tardez pas.

———

LA FIN DE MAI A LA CAMPAGNE.

***

A ma fille ALICE, *née le 29 mai.*

***

Oh ! comme la campagne est belle
En ce moment délicieux !
Comme d'une grâce nouvelle
Chaque jour la pare à nos yeux !
Le bouton d'or, la marguerite
Émaillent le tapis des prés ;
De sa fleur encor bien petite
Le bluet nuance les blés ;
Le pavot au rouge superbe
Près de lui brille avec éclat ;
Plus loin modestement dans l'herbe
Se cache le trèfle incarnat ;
Dans nos buissons, que l'aubépine
Embaume de ses blanches fleurs,
Les guirlandes de l'églantine
Étalent leurs fraîches couleurs ;
L'acacia, dont l'élégance
Rend nos vieux chênes tout jaloux,
A la brise qui le balance
Livre les parfums les plus doux.
Du plus haut des airs l'alouette
Au loin fait entendre sa voix ;

Le rossignol et la fauvette
Charment le silence des bois;
Sur ces ormeaux la tourterelle
Prolonge en amante fidele
Ses roucoulements langoureux;
Le merle file à tire d'aile
Et semble, pour se moquer d'elle,
Lancer son sifflement joyeux.

Que mon âme serait ravie
Si je pouvais, fille chérie,
T'avoir ici tout près de moi,
Et des charmes de la nature,
Source de volupté si pure,
Jouir plus encore avec toi!
Des chantres ailés du bocage
J'aimerais bien plus le ramage
Si ta voix venait s'y mêler.
Ces fleurs me paraitraient plus belle
Lorsque leurs grâces naturelles
Aux tiennes viendraient s'ajouter,
Tendre hommage à la Providence
Qui voulut bien que ta naissance
Avec la leur vint concorder.
Mais il est une autre pensée
Qui touche puissamment mon cœur :
Ici mon âme est disposée
A mieux aimer son Créateur,
Et, grâce à sa bonté suprême,
Tel est l'effet des sentiments
Qu'en mon cœur il plaça lui-même,
Que je sens bien que plus je l'aime,
Plus aussi j'aime mes enfants.

LE JARDIN DE LÉPINE (1).

Que j'aime donc ce grand jardin
A l'ordonnance gracieuse !
Comme une main ingénieuse
En a bien tracé le dessin !
Des méandres de sable fin
Enveloppent de leur ceinture
De grandes îles de verdure
Qui de leurs bords ou de leur sein
Voient s'élever le chêne, enfant de nos contrées,
L'acacia venu des plages éloignées,
Mêlés à cent arbres divers,
Les uns au fugitif ombrage,
Les autres dont le vert feuillage
Brave les rigueurs des hivers.
De loin en loin dispersés sous leur ombre,
Des arbustes chargés de fleurs
Opposent à leur teinte sombre
De plus attrayantes couleurs.

Par un de ces beaux jours d'automne
Qu'octobre quelquefois nous donne,
J'étais tranquillement assis
Sous un arbre que, dans leur route

(1) Commune de Château-Garnier (Vienne).

A travers son épaisse voûte,
Perçaient quelques rayons par le soir adoucis.
L'air était pur, la brise était légère ;
Des grands ormeaux la cime altière
Sous son souffle expirant mollement ondulait,
Et sur le sol de la prairie
Peu à peu par l'ombre envahie
De plus en plus cette ombre s'allongeait ;
Tandis qu'à travers un nuage
Qu'il colorait de pourpre et d'or,
Le soleil lentement descendait vers la plage
Que de ses feux il rougissait encor.
Du spectacle offert à ma vue
Mon âme doucement émue
Trouvait que cependant quelque chose y manquait,
Quand, au détour de l'avenue,
Marguerite m'est apparue (1),
Et le tableau soudain est devenu parfait.

(1) Mme Marguerite M...,

QUELQUES HÔTES DU JARDIN DE LÉPINE.

Un vieux peintre de mes amis,
Me voyant esquisser de maigres paysages,
Me disait : « Je vous avertis
» Qu'il y faut quelques personnages ;
» Autrement des plus beaux pays
» Bien froides seraient les images. »

Docile donc à cet avis,
Après avoir de Marguerite
Dépeint le jardin gracieux,
A ma description pour donner une suite,
Je vais vous faire de mon mieux
Quelques-uns des portraits des hôtes de ces lieux.

Comme une barrière importune
N'y met jamais d'empêchement,
Dès le matin, chacun, chacune
Vient s'y promener librement.
C'est d'abord la cohorte errante
Des dindons au plumage noir,
Dont le chef, à mine importante,
Sitôt qu'on peut l'apercevoir,
S'arrête, se gonfle, s'ébroue,
Étale fièrement sa roue,
Tout heureux de se faire voir.

Sans s'occuper qu'on la regarde,
Plus loin, la mère Dandinarde
Conduit de ses jeunes oisons,
En file, les blancs bataillons.
Imitant jusqu'à leur démarche,
En file aussi réglant leur marche,
Après eux de canards viennent des rangs entiers ;
Ainsi, pour se mettre en bataille,
Les chasseurs à petite taille
Venaient après les grenadiers.
Plus loin, bien moins disciplinée,
Rôde la troupe éparpillée
Des poules, où, sans nulle loi,
Chacune jouant de la patte
Court à son gré, s'arrête, gratte
Et ne s'occupe que de soi.
Puis de leurs ailes étendues
Les beaux pigeons fendant les nues
Semblent dire à leurs compagnons :
« Tandis qu'attachés à la terre,
» Vous végétez dans la poussière,
» Nous, du ciel nous nous rapprochons. »

Eh quoi ! me direz-vous peut-être,
Voilà de singuliers tableaux !
N'auriez-vous donc à nous faire connaître
Que de stupides animaux ?
Non pas vraiment ! mais si je voulais dire
Tout ce qu'à haut degré les maitres de ces lieux (1)
Réunissent de bon, de vrai, de gracieux,
Je n'y pourrais jamais suffire.

(1) M. et Mme M.....

Ne pouvant donc maintenant faire mieux,
 Je reviens à mes volatiles,
 Sujet non pas des plus fertiles,
 Mais, à le bien considérer,
 Dont pourtant on pourrait tirer
 Quelques réflexions utiles.
 D'abord nous pouvons remarquer
Que ces oiseaux que je viens de nommer
 Fournissent tous à notre table
 Maint mets solide et délectable
 Qui n'est pas certe à dédaigner ;
Puis leur diversité de forme, de plumage,
Leurs modes différents de voler, de courir,
 A l'agrément du paysage
 Bien souvent viennent concourir.
 Ainsi du ciel la clémence infinie
Nous accorde d'abord ce qui peut nous servir,
Puis, pour nous adoucir les peines de la vie,
 Y joint ce qui peut l'embellir.

LE CHATEAU DES AMIS (1).

Pour doucement couler leur vie
Et demeurer unis jusqu'au tombeau,
De vrais amis une troupe choisie
A formé le projet de bâtir ce château.
Le bon sens et l'expérience
Leur ayant dès longtemps montré
Que, pour fonder une société,
Il faut d'abord avec prudence,
D'après un plan bien ordonné,
En organiser l'existence,
Voici celui qu'ils ont tracé :

Premièrement, entière liberté ;
Non cette liberté sauvage
Qui, comptant les autres pour rien,
Ne songe qu'à son propre bien,
Mais cette liberté plus aimable et plus sage
Qui se montre pleine d'égards
Pour les droits du prochain, même pour ses écarts,
Et dont la tolérance est le plus beau partage.
Aussi, pour mieux assurer à chacun
Sa plus douce part d'existence,

(1) Ces vers accompagnaient un dessin comprenant le plan et l'élé-
vation d'un projet de maison de campagne.

Le cœur, l'esprit, les talents, la science
    Ici seront mis en commun.
    Chacun, selon son aptitude
    Ou son penchant, se livrera
Aux œuvres de la main, aux travaux de l'étude,
    Et l'ensemble en profitera.
Un travail sans relâche étant parfois maussade,
    Les uns iront dans les bois, les vallons
    A la chasse ou la promenade,
L'autre ira visiter quelque pauvre malade,
    L'autre esquisser les environs,
Une table sans luxe et sans parcimonie,
D'accord avec nos goûts comme avec notre avoir,
    Chaque matin et chaque soir
    Réunira la compagnie,
    Heureuse ainsi de se revoir.
C'est là que tour à tour sérieuse ou légère,
Et suivant la couleur du temps ou de l'esprit,
La conversation, sans nuire à l'appétit,
Passera mainte fois du plaisant au sévère,
De ce que l'on redoute à ce que l'on espère,
Du mal qu'on a souffert au bien dont on jouit,
De celui qu'on a fait à celui qu'on veut faire.
    Souvent une douce gaieté
    L'animera d'une grâce piquante,
    Et puis d'ailleurs la cordialité
    La rendra toujours attachante.
    Quand le retour de la froide saison
    Viendra raccourcir la journée,
    Avec plaisir nous verrons la veillée
    De l'aimable réunion
    Prolonger encor la durée.
Dans un salon bien clos que réchauffe un bon feu,
Les cartes, le damier fournissent à maint jeu ;

Où, tandis que l'aiguille active
Vivement glisse entre les doigts,
On prête une oreille attentive
A la lecture à haute voix
De quelque œuvre récréative.
Puis, je ne sais quel charme, en ces derniers moments,
Rend plus doux les épanchements :
On sent mieux tout le prix d'une telle existence ;
On sent aussi plus de reconnaissance
Pour tous les dons que le ciel nous a faits ;
Avec plus d'ardeur on le prie
Que sur chaque tête chérie
De plus en plus il verse ses bienfaits.
Sur cette pieuse pensée
On se sépare en se serrant la main
Et souhaitant que la journée
De tout point si bien employée
Ait un aussi beau lendemain.

Voici donc notre plan de vie à la campagne ;
La maison et le plan, vraiment tout est fort beau !
Quel dommage que ce château
Demeure au rang des châteaux en Espagne !

LE MOIS D'OCTOBRE 1876.

Mois d'octobre, mois dont l'ennui
N'est que trop souvent le partage,
Avec plaisir je te rends aujourd'hui
Un honorable témoignage.
D'un été dévorant les trop longues chaleurs
A l'aspect le plus triste avaient réduit nos plaines,
Avaient desséché nos fontaines,
Brûlé nos gazons et nos fleurs.
Mais enfin, à ton arrivée,
De leur force et de leur durée
Les rayons du soleil ont perdu les ardeurs,
Et ta bienfaisante rosée
A la terre désaltérée
A bientôt rendu ses couleurs.
Des feuilles à demi jaunies
Commencent cependant de teintes adoucies
A nuancer la lisière des bois;
Quelques arbres épars perdent leur chevelure,
Mais nos chênes, gardant leur puissante parure,
Demeurent verts comme autrefois.
Du printemps la fraîcheur riante,
De l'été la splendeur brûlante
Flattent diversement les goûts;
Mais, avec les fruits qu'il nous donne,

Moi je confesse que l'automne
M'offre des charmes bien plus doux.
Je comprends bien que la jeunesse
Du printemps préfère les fleurs,
Mais moi qui touche à l'extrême vieillesse
Je pense autrement, et d'ailleurs
Mon choix facilement, je pense,
Aura l'assentiment de tout esprit sensé :
Le printemps donne l'espérance,
L'automne la réalité.

Heureux, au déclin de la vie,
Qui, libre des chagrins qu'elle a souvent produits,
D'une carrière bien remplie
Peut doucement goûter les fruits.

FIN DE L'ANNÉE 1876;
COMMENCEMENT DE L'ANNÉE 1877.

---

31 décembre 1876.

Elle est partie enfin cette fatale année
  Où nous avons vu tant de fois
  Avec le vent la grêle conjurée
   Dévaster nos champs et nos toits ;
Où tant de fois la mer assaillant nos rivages
  Les a sillonnés de ses flots ;
   . Où tant de désastreux naufrages
Ont englouti nos pauvres matelots.
   Cette nuit encor, sur nos têtes
   Le vent grondait avec fureur ;
Est-ce donc un retour de ces noires tempêtes
Dont le souvenir seul est un poids pour le cœur ?

   Mais d'épais et sombres nuages,
   Dont les flancs sont chargés de feux,
   Nous menacent d'autres orages
Frappant des coups encor plus dangereux :
   Des rives de l'Adriatique
   Aux rivages du Pont-Euxin
   Se débat une race antique
   Sous les étreintes du destin.

9

Quatre siècles entiers ont fait en vain sur elle
Peser de l'Ottoman le sceptre détesté ,
    Rien n'a pu la rendre infidèle
Au dieu que ses aïeux ont comme elle adoré ;
        L'Herzégovine , la Bosnie ,
        Le Monténégro , la Servie ,
Les armes à la main , ont crié : liberté !
Déjà que de combats ! que de sang ! que de larmes !
L'Europe , aux deux partis en arrachant leurs armes ,
Voudrait les préparer à des destins meilleurs ;
Mais comment effacer la trace ensanglantée
        De cette haine invétérée
Qui depuis si longtemps bouillonne au fond des cœurs ?
Et puis, d'ardents conflits n'est-il pas d'autre cause ?
        Ne sait-on pas que depuis deux cents ans
        Le Russe en secret se dispose
    A déchirer l'empire des sultans ?
Vainement on s'efforce à rassurer la terre ,
        Et l'on ne parle que de paix ,
Tandis que les apprêts d'une terrible guerre
        Se poursuivent plus que jamais.
        Voilà donc ce que cette année
        Qui tristement vient de finir
        Lègue à notre âme épouvantée
        A l'aspect d'un tel avenir.

1er janvier 1877.

Ce matin , un vent doux dissipe les nuages ,
Et le ciel laisse voir quelques lambeaux d'azur ;
Ces nuages fuyant vers de lointains rivages
        Vont-ils donc nous rendre un ciel pur ?
        Mais voilà que de la lumière
        L'éclat à chaque instant grandit ;
        Le soleil revient à la terre ;

La terre à son tour lui sourit.
Quoi ! serait-ce donc un présage
Qui nous doive consoler tous,
Et, désarmant son trop juste courroux,
Dieu voudrait-il, en nous donnant ce gage,
Nous assurer un sort plus doux?
Puisse-t-il à tous ceux qui gouvernent la terre
Donner l'entendement, la force, l'équité !
Puisse-t-il dans la masse entière
Infuser le respect et la docilité ;
Non celle qui dans la poussière
Se traine avec servilité,
Mais celle qui par choix, en restant libre et fière,
Obéit avec dignité !
De nos dissensions civiles
Puissent les traces s'effacer !
Lassés de ces luttes stériles,
Puissent nos cœurs se rapprocher !
Puisse l'activité féconde
Du travail partout soutenu,
Pour changer la face du monde
Prendre pour guide la vertu !
Mais toi surtout, France toujours si chère,
Puisses-tu, sous les yeux d'un jaloux ennemi,
De la gloire dont tu fus fière
Renouveler l'éclat un moment obscurci !

UNE CHASSE DANS L'INDE.

———

Sur les rives du Gange, en ces belles contrées
    Où la savante Bénarès (1)
    Voit refléter dans ses ondes sacrées
Les dômes éclatants des pagodes dorées
    Et leurs élégants minarets ;
Sur ces bords ombragés de splendides forêts,
S'élève un grand palais où le noble génie
Dont le goût épuré dirige l'Occident
A fait sur certains points place à la fantaisie
    Qui guide l'art en Orient.
Du puissant lord Seymour c'est la riche demeure ;
Là, malgré du pouvoir le faste solennel,
Chaque jour en secret il soupire après l'heure
Qui doit le ramener au foyer paternel.
Déjà depuis longtemps la fortune jalouse
    A ravi son aimable épouse ;
Une fille est restée, et la jeune Lucy (2)
Sous les yeux de son père en charmes a grandi.
Parmi tant de beautés filles de l'Angleterre
Nulle ne pouvait mieux enorgueillir sa mère :
De soyeux cheveux d'or encadraient son front pur ;

———

(1) Bénarès est la ville savante de l'Inde. Pour les Hindous, les eaux du Gange purifient non-seulement le corps, mais l'âme.
(2) Pour ce nom on a adopté tantôt la forme anglaise *Lucy*, tantôt la forme française *Lucie*, suivant les exigences des vers.

Du ciel dans ses beaux yeux se reflétait l'azur,
Mais pourtant quelquefois leur douceur infinie
S'enflammait tout à coup des feux de l'énergie.
De la blancheur du lis son teint avait l'éclat ;
La rose l'animait de son doux incarnat.
De tous ses mouvements la grâce enchanteresse
Révélait à la fois la force et la souplesse.
Aussi, suivant les mœurs de la libre Albion,
De bonne heure Lucy s'était accoutumée
A braver du soleil l'atteinte redoutée
    Ou les rigueurs de la froide saison.
Le plus fougueux coursier, dans sa course rapide,
Sans peine obéissait à sa main intrépide,
Et les chiens poursuivant le gibier dans les bois
Suivaient docilement les ordres de sa voix.
Son père était charmé de voir même en sa fille
Se conserver ainsi l'esprit de sa famille ;
Mais, trop habituée à se voir applaudir,
Lucy n'avait jamais appris à se contraindre,
      Et, sans différer, sans rien craindre,
Elle cédait à son premier désir.

Un jour, l'air était pur, la brise était légère ;
    Le soleil, dans son cours brûlant,
    N'avait pas encore à la terre
    Fait sentir son poids accablant.
    « Quel plaisir, se disait Lucie,
» De voguer doucement le long de ces coteaux,
    » Puis, sur ma barque à leurs pieds endormie,
» D'aspirer la fraîcheur et du ciel et des eaux ! »
    Aussi prompte que sa pensée,
    Elle descend l'élégant escalier
    Qui la conduit à la barque dorée
Qu'en un bassin de marbre un solide collier.

Pour tout autre tient enchaînée.
Soudain la barque est détachée,
Et de Lucy l'habile main
Livre la voile déployée
Au souffle embaumé du matin.
La barque, en son essor rapide,
Du fleuve fend l'onde limpide
Où se peint l'ombre des coteaux,
Et sur l'une et sur l'autre rive
Sans cesse à la vue attentive
Découvre des aspects nouveaux.
« Oh ! quelle spendide nature !
(Disait Lucie en l'admirant).
» Que ce long rideau de verdure
» Est à la fois grandiose et charmant !
» Sous eux quelle ombre enchanteresse
» Jettent ces larges bananiers !
» Bien loin au-dessus d'eux avec quelle souplesse
» Se balancent ces hauts palmiers !
» Et cependant ma bourbeuse Tamise
» Et son ciel à la teinte grise
» Ont encor pour mon cœur un charme plus touchant :
» Rien ne remplace la patrie,
» Les lieux où l'on reçut la vie,
» Les lieux où l'on vécut enfant. »

Ainsi songeait la charmante Lucie,
Quand tout à coup un cri perçant
L'arrache à cette rêverie ;
Sur la rive, en courant, une femme s'écrie :
« Mon enfant ! sauvez mon enfant ! »
L'enfant, assez loin de sa mère,
En paix, sur le gazon, se livrait à ses jeux,
Lorsque du bois épais qui lui sert de repaire

S'élance un tigre monstrueux.
Bientôt il va saisir sa proie,
Quand au milieu de sa cruelle joie
Lucy d'un coup de feu tente de l'arrêter ;
Mais, à cette longue portée,
La balle par sa main lancée
Ne fait, hélas ! que le blesser.
Cependant, bondissant de douleur et de rage,
Et laissant là l'enfant évanoui,
Le tigre se jette à la nage
Pour atteindre la main dont le coup est parti.
Lucy ne s'émeut point, et son jeune courage
S'applaudit d'un tel ennemi.
Elle observe sans épouvante
Ces yeux étincelants et de sang et de feux,
Et cette gueule menaçante
Déjà fatale à tant de malheureux.
Puis, lorsque la bête cruelle
Est près d'aborder sa nacelle,
De sang-froid elle ajuste, et droit entre les yeux
Frappe d'un plomb mortel le monstre furieux.
En longs rugissements il exhale sa vie ;
De son sang écumant l'onde est au loin rougie.
Lucy, de son bras triomphant,
L'attache alors à sa nacelle,
Et l'entraîne ainsi derrière elle,
Du fleuve en suivant le courant.
Elle veut que bientôt sa brillante fourrure,
Où le fauve et le noir alternent leurs couleurs,
Devienne la noble parure
De la salle où son père assemble les seigneurs.

Mais ce père, que son absence
Plonge dans un mortel ennui,

Se demande où son imprudence
A pu la conduire aujourd'hui.
Son œil, son oreille attentive
Interroge le fleuve, interroge la rive;
Il ne voit rien, il n'entend rien.
Oh ! qui lui parlera de sa fille chérie,
Sa fille l'âme de sa vie,
Sa fille son unique bien ?
Enfin il aperçoit la nacelle dorée
Qui sur les flots brille là-bas.
Elle aborde bientôt, et sa fille adorée
S'élance à l'instant dans ses bras.
Sur son sein il la presse, il la baigne de larmes.
« Trop chère et trop cruelle enfant,
» Lui dit-il, peux-tu bien me causer tant d'alarmes
» Et ménager si peu ce cœur qui t'aime tant !
» — Oh ! pardonnez-moi, mon bon père,
» Lui dit Lucie en l'embrassant.
» Oui, ma conduite est bien légère,
» Mais du moins j'ai pu rendre un service important:
» J'ai su rendre un fils à sa mère,
» En les sauvant tous deux d'un tigre menaçant. »
Le courroux de Seymour se calme à ce langage ;
Il voudrait bien blâmer, il voudrait applaudir;
Un double sentiment en secret le partage:
Dans sa fille il est fier de voir tant de courage,
Mais frémit du danger qu'elle vient de courir.
« Écoute, lui dit-il d'une voix attendrie,
» Tu t'es tirée avec bonheur
» De cette aventure hardie
» Où tu devais perdre la vie,
» Sans le secours d'un Dieu sauveur.
» Mais crois-tu donc que sa clémence,
» Qui t'a pour cette fois arrachée à la mort,

» Veuille à ta fatale imprudence
» Toujours assurer même sort ?
» Lucy, tu sais pour toi jusqu'où va ma tendresse ;
» Tu sais qu'avec raison on a pu m'avertir
        » Qu'elle allait jusqu'à la faiblesse :
        » Oh ! ne m'en fais pas repentir !
    » Laisse, crois-moi, laisse à nous autres hommes
» Tout ce qui veut de nous un effort violent,
    » Et, sans vouloir être ce que nous sommes,
    » Contente-toi de ton rôle charmant. »

        A cette parole sensée
        Lucy sut dès lors obéir ;
        Peut-être un peu moins admirée,
        Mais aussi beaucoup plus aimée,
        Elle n'eut qu'à s'en applaudir.

FAITS MÉMORABLES

DE QUELQUES PRINCESSES CHRÉTIENNNES,

EXERCICE LITTÉRAIRE ET HISTORIQUE (1)

Pour une institution de jeunes demoiselles.

———

A.

Lorsqu'une foule amie autour de nous s'empresse
Pour juger nos efforts et les encourager,
Ma sœur, à quel sujet propre à l'intéresser
    Penses-tu que notre faiblesse
    Puisse tenter de s'élever ?

B.

    Il en est un tout indiqué d'avance,
      Et qu'à défaut de nos talents
      Rehausse au moins son importance
    Dans tous les lieux, dans tous les temps :
      C'est la salutaire influence
      Qu'ont su maintes fois exercer
      Les femmes que la Providence
    Au plus haut rang voulut placer.

(1) Les deux interlocutrices sont désignées par les lettres A et B. On pourrait en mettre plusieurs. Cette pièce pourrait être récitée dans une séance publique.

A.

Oui, ma sœur, tu dis vrai. Combien de nobles femmes
Ont en effet brillé d'une douce splendeur!
De leur cœur généreux combien les vives flammes
Ont su pénétrer d'autres âmes
De leur bienfaisante chaleur!
Ainsi, lorsque Clovis courba sa tête altière
Sous la main du pontife et le joug de la foi,
Quand des Francs l'élite guerrière
Suivit l'exemple de son roi,
Après Dieu, de qui seul émane la lumière,
De ce grand changement à qui revient l'honneur?
A Clotilde (1) dont la prière,
De son époux avait touché le cœur.
Et si dès lors la France s'est placée
A la tête des nations,
C'est que la chaîne ensanglantée
Dont l'accablaient ses superstitions
Par une femme fut brisée.

B.

Ce céleste flambeau par Clotilde allumé
Et par elle transmis à sa noble famille,
Sa pieuse petite-fille
Berthe (2) aux champs d'Albion à son tour l'a porté,
Et de Berthe bientôt la fille vénérée (3)

(1) Clotilde, fille de Chilpéric, roi des Bourguignons; née en 473, mariée à Clovis en 493, morte en 543.
(2) Berthe, fille de Caribert, roi de France, et arrière-petite-fille de Clotilde; mariée à Ethelred, roi de Kent, qui régna de 560 à 617.
(3) Ethelburge, fille de Berthe et d'Ethelred, mariée à Edwin, roi de Northumberland, qui régna de 626 à 633.
Ethelred et Edwin furent convertis par leurs femmes.

Plus loin encor dans la contrée
En a fait rayonner la divine clarté.
O superbe Albion! ainsi donc sur ta rive
C'est par nous que jadis ce flambeau vint briller;
    Oh! que n'as-tu pu conserver
    Dans sa pureté primitive
La foi que notre France avait su te donner!

A.

Puis encore à combien d'autres peuples barbares
Les femmes ont du Christ fait adopter les lois!
    Bogoris, le roi des Bulgares,
    De sa sœur écoute la voix (1);
    Geïsa, chef de la Hongrie (2),
    Wladimir, prince de Russie (3),
Par leurs femmes instruits des saintes vérités,
A leurs sujets gagnés par leurs puissants exemples
    Font à leur tour abandonner les temples
    Des dieux cruels qu'ils avaient adorés.

B.

    Et toi, Pologne infortunée,
    Dont la fatale destinée
Inspire à tant de cœurs un sympathique effroi;
    Toi dont l'indomptable vaillance
    Défend avec tant de constance
    Ton indépendance et ta foi,
    Tes guerriers, tes prêtres, tes femmes
    Prouvent sous le fer, dans les flammes

(1) Bogoris baptisé en 860.
(2) Geïsa, chef ou duc de Hongrie (972-997).
(3) Wladimir, grand prince de Russie (980-1015).

Que rien ne te peut arracher
A cette foi catholique et romaine
Que jadis une sainte reine
A Miécislas vint enseigner (1).

A.

Ainsi donc de la nuit profonde
Où par l'erreur il fut plongé,
C'est par les femmes que le monde
Presque partout fut retiré ;
Mais si l'histoire à bon droit les honore
Pour le premier de leurs bienfaits,
Combien elle y pourrait encore
Joindre de mémorables faits !

B.

Voyez aux bords de la Baltique
Cette femme au cœur héroïque,
Digne émule des plus grands rois,
Dont la main ferme autant qu'habile
Avec une force virile
Porte trois sceptres à la fois.
Au Danemark qu'elle protége
Contre les coups du Suédois,
S'unit la guerrière Norwége
Qui reconnait aussi ses lois.
Bientôt la Suède elle-même,
Dont le prince osa l'outrager,
L'appelle pour l'en délivrer,

(1) Miécislas, roi de Pologne (962-992), converti par sa femme Dombrowka, fille de Boleslas, duc de Bohême.

Et, cédant à son tour à sa vertu suprême,
    Sous son sceptre vient se ranger;
Puis des trois nations trop souvent ennemies,
Par un lien commun maintenant réunies,
    Les députés assemblés à Calmar
      Rendent un hommage unanime
      A leur princesse magnanime,
      Marguerite de Waldemar (1).

A.

    Salut à cette autre princesse
    A qui l'histoire a confirmé
    Le nom de la Grande Comtesse
    Par son siècle si bien donné.
    C'est cette Mathilde fameuse (2),
    Intrépide autant que pieuse,
    A qui ses ennemis vaincus
    Rendaient ce juste témoignage
    Que rien n'égalait son courage
    Et ne surpassait ses vertus.
    Si la sauvage Germanie
    Veut à la brillante Étrurie
    Imposer un joug oppresseur,
    De Mathilde la main puissante
    Rejette la chaine pesante
    Dont la menace sa fureur;
    Et pendant trente ans son génie
Défend contre un pouvoir justement repoussé

(1) Marguerite, fille de Waldemar III de Danemark, veuve de Haquin VII de Norwége, victorieuse d'Albert de Suède, qui l'avait appelée *Roi sans culotte, Servante des moines.* Elle gouverna comme reine ou comme régente de 1376 à 1412. L'union de Calmar est de 1397.
(2) Mathilde, dite la Grande Comtesse de Toscane, née en 1046, veuve en 1076, morte en 1115, célèbre dans la lutte que l'Italie et la papauté soutinrent contre l'Allemagne.

La liberté de l'Italie
Et celle de la papauté.

B.

Vers ces bords où l'Espagne est si près de l'Afrique,
Quel spectacle brillant attire mes regards !
　　D'Isabelle la Catholique (1)
　　J'y vois flotter les étendards ;
　　C'en est fait, le bouillant courage
　　Du Zégri, de l'Abencérage,
Grenade, ne peut plus défendre tes remparts !
　　Sur le faite de ta mosquée,
　　Qui fut une église autrefois,
　Je vois enfin replacer cette croix
Qui depuis sept cents ans en était exilée.
Mais quelle est cette nef qui, traversant les flots,
　　Loin, bien loin des routes connues,
Vers des plages que l'œil n'a jamais entrevues
　　Porte de hardis matelots ?
C'est celle de Colomb, dont le vaste génie
　　Fut par l'ignorance et l'envie
　　Partout si longtemps méconnu,
　　Et que, d'une âme plus hardie,
　　Seule, Isabelle a soutenu.
C'est grâce à ses secours que, sillonnant cette onde
Qui jamais avant lui ne porta de vaisseau,
　　Il va bientôt à l'ancien monde
　　Ajouter un monde nouveau.
　　Oh ! noble Espagne, notre France
　Te doit en outre une reconnaissance

(1) Isabelle, fille de Jean II de Castille, née en 1451, mariée en 1469
à Ferdinand d'Aragon, reine de Castille en 1474, morte en 1504. La
prise de Grenade et la découverte de l'Amérique sont de 1492.

Dont pour toujours son honneur te répond,
    Car, parmi ses plus grandes reines,
    Elle compte deux souveraines
    Que lui donna ton sein fécond.
    C'est d'abord Blanche de Castille (1),
    D'un père illustre digne fille,
    Mère encore d'un plus grand roi,
    Qui dans le lait de sa nourrice
    Puisa l'amour de la justice
    Et le zèle ardent pour la foi.
    Lorsque, comptant sur la faiblesse
    Et d'une femme et d'un enfant,
    On vit les chefs de la noblesse
    Saper le trône chancelant,
    De Blanche la main vigoureuse
    De cette ligue ambitieuse
    Comprima les fatals complots,
Et, malgré leurs efforts, sa fermeté prudente,
Domptant des grands seigneurs l'audace turbulente,
    La fit rentrer dans le repos.
Aussi, quand sur le Nil il vint porter la guerre,
Louis, juge éclairé des talents de sa mère,
    Lui confia-t-il son pouvoir;
    Et Blanche sut partout en France
    Faire régner la paix et l'abondance,
    Tout contenir dans le devoir.

A.

Lorsque, plus près de nous, les magistrats, les princes
Soulevèrent Paris, armèrent les provinces

---

(1) Blanche, née en 1185, régente de France en 1226 et 1248; fille d'Alphonse de Castille, célèbre par sa victoire sur les Maures à Tolosa en 1212.

Contre cet autre illustre enfant
Qui devait dans la suite être Louis le Grand,
 Avec constance, avec courage
 Anne (1), faisant tête à l'orage,
 Confondit tous leurs vains projets,
 Et les força de reconnaître
 Que la France n'avait qu'un maître
 Et qu'ils n'étaient que ses sujets.

B.

 O vous, mes compagnes fidèles,
 Nous ne pouvons que de bien loin
 Suivre ces illustres modèles,
Mais d'aspirer si haut nous n'avons pas besoin.
 Notre destin est plus modeste,
 Et le seul rôle qui nous reste
 Est celui de l'aimable fleur
 Qui, sous l'herbe humblement cachée,
 Pour celui seul qui l'a trouvée
 Exhale sa suave odeur.

(1) Anne d'Autriche, fille de Philippe III d'Espagne, née en 1602, régente en 1643, morte en 1666.

LA JEUNE FILLE ET LA FILLETTE.

DIALOGUE

Entre deux élèves d'un pensionnat de jeunes demoiselles.

ÉLISA, âgée d'environ quinze ans, est assise la tête appuyée sur sa main, près d'une table où sont épars des livres. LUCIE, âgée de dix à douze ans, arrive en courant, s'arrête en la voyant, et lui fait une profonde révérence en disant :

Salut à la sage Élisa !

ÉLISA, *riant*.

Salut à la folle Lucie !

LUCIE.

Seule que faisais-tu donc là ?
Tu lisais encor, je parie ?

ÉLISA.

Non ; mais comme aujourd'hui le travail, les succès
Vont obtenir des récompenses,
Seule ici je me demandais
Si ma conduite et mes progrès
Me permettent des espérances ?

LUCIE.

Quoi ! le jour même des vacances,
Quand toutes, ivres de plaisir,
On nous entend chanter, danser, courir,
Toi gravement ici….. tu penses!
Attends, attends, je vais te dénoncer.

ÉLISA (*se levant et lui prenant la main avec affection*).

De grâce, avant de m'accuser,
Tu m'accorderas bien un instant la parole.

LUCIE.

Volontiers.

ÉLISA.

A ta tête folle
Il n'a donc encor pu venir
Que le travail puisse être un vrai plaisir?

LUCIE.

Oh! non, ni ne viendra, du moins je m'en crois sûre ;
Car je donnerais, je te jure,
Le livre le plus beau, la plus docte leçon,
Pour une fleur ou pour un papillon.

ÉLISA.

Ma pauvre petite Lucie !
Ici tu dois bien t'ennuyer?

LUCIE.

Mais oui , pas mal ; car, je te prie ,
A quoi sert de tant travailler ?

ÉLISA.

A quoi sert ? Je vais essayer
De t'en montrer tout l'avantage.
Dis-moi , de quelque arbre sauvage
As-tu parfois goûté le fruit ?

LUCIE.

Oui, par malheur ! quel goût maudit !
Haie! je n'y puis songer sans faire la grimace.

ÉLISA.

Et sais-tu ce qu'il faut qu'on fasse
Pour qu'il donne des fruits plus doux ?

LUCIE.

Oh ! oui vraiment; souvent chez nous
Au jardinier je l'ai vu faire :
D'abord , dans une bonne terre
Le sauvageon est transplanté,
Puis avec soin il est greffé,
Arrosé, cultivé , taillé ,
Si bien qu'il change de nature
Et qu'il produit d'excellents fruits.

ÉLISA.

Eh bien ! Lucie , à nos esprits
Il faut aussi de la culture ;
Car autrement, sois-en bien sûre ,
Quoique le naturel soit bon ,
On reste toujours sauvageon.
Un jour il te faudra paraître dans le monde ;
Là ton ignorance profonde ,
Venant bientôt à se montrer,
De toi que veux-tu que l'on pense ?
Que tu n'as pas su profiter
Des soins donnés à ton enfance ;
Et là-dessus chacun de te taxer
De sottise ou de négligence.
Tu m'avoueras que s'exposer
A se faire ainsi condamner,
C'est pousser loin l'indifférence.
Et d'ailleurs , dis-moi , le plaisir
Est-il donc constamment si facile à saisir ?
Peut-on sans cesse employer sa journée
A rire , folâtrer, courir ?
Tiens , si tu veux en convenir,
Plus d'une fois tu t'es bien ennuyée
Quand tu croyais le mieux te divertir.
Un plaisir continu n'est jamais un plaisir ;
Aussi veux-tu que je te donne
Un bon moyen pour échapper
A cet ennui qui souvent nous talonne,
Quand par le plaisir seul nous croyons l'éviter ?
C'est le travail. Ce moyen-là t'étonne !
Si pourtant tu veux l'employer,

Tu seras promptement contrainte d'avouer
    Contre l'ennui que ma recette est bonne.
    Oui, tu verras que jamais les dégoûts
Ne suivent le plaisir que le travail amène ;
      Acheté par un peu de peine,
      Ce plaisir n'en est que plus doux.
      Ainsi l'eau pure d'une source
Ne nous semble jamais avoir plus de fraîcheur
    Qu'après avoir, par une longue course,
      D'un ciel d'été bravé l'ardeur.

LUCIE.

Oui, je comprends cela, mais il est bien pénible
    A ses penchants de résister,
Et la chose me semble, à vrai dire, impossible.

ÉLISA.

Impossible ! jamais. Si ton cœur est sensible,
    J'espère t'y déterminer.
    Dis-moi, Lucie, aimes-tu bien ta mère ?

LUCIE.

    Ah ! peux-tu me le demander !
    Si tu savais combien je lui suis chère,
Combien elle se plaît à me le témoigner !
De mon attachement pour une telle mère
    Certes tu ne pourrais douter.

ÉLISA.

    C'est bien, Lucie ! à sa tendresse
    Tu réponds donc par ton amour ?

Sans doute; alors, tu t'occupes sans cesse
A lui témoigner à ton tour
Que cet attachement est réel et sincère;
Sans doute, attentive à lui plaire,
Tu prends grand soin d'éviter chaque jour
Ce qui peut affliger une si bonne mère.

LUCIE, *tristement.*

Non...., hélas! non...., je reconnais
Que ma conduite est bien répréhensible,
Et qu'à son cœur tendre et sensible
J'ai trop souvent causé d'amers regrets,
Depuis un an je suis loin d'elle;
Que de pleurs elle a dû verser
Quand un bulletin trop fidèle
Sur ma conduite est venu l'éclairer;
Quand elle a vu que sa Lucie,
Souvent grondée et plus souvent punie,
Fuit le travail, ne fait aucun progrès,
Et, grâce à son étourderie,
Ne peut espérer de succès!
Demain je vais revoir ma mère;
Demain elle va demander
Ce que j'ai fait pour lui prouver
Qu'en effet je tiens à lui plaire.
Comment calmer sa trop juste colère?
Comment sécher ses pleurs? car elle va pleurer,
Lui causer tant de peine!... ah! je suis bien coupable!

(Elle cache un moment sa figure dans sa main, puis reprend d'un ton ferme :)

Mais je veux envers elle expier tous mes torts.
Élisa, tu dis vrai; cette idée est capable

D'inspirer les plus grands efforts.
Oui, je prétends à ma conduite
Qu'on n'ait plus rien à reprocher.
Comme toi je veux travailler.
A pareil jour j'espère, dans la suite,
Comme toi me voir couronner.
Si parfois ma tête légère
Venait du bon chemin encore à m'écarter,
Bonne Élisa, dis-moi : songe à ta mère,
Et je suis sûre d'y rentrer.

METTRAY,

COLONIE AGRICOLE ET PÉNITENTIAIRE.

En 1839, M. Demetz, conseiller à la Cour royale de Paris, a abandonné cette position élevée pour se consacrer tout entier à la fondation et à la direction d'une colonie agricole et pénitentiaire, dont le but, les moyens d'action et les résultats sont exposés dans le petit poëme suivant. Cette colonie a été établie aux portes de Tours, à Mettray, sur le domaine de M. le vicomte de Bretignères de Courteilles, ancien officier, membre du Conseil général d'Indre-et-Loire, que l'amitié et la communauté de vues ont associé depuis lors à tous les efforts de M. Demetz.

Pourquoi, dans ces prisons où la loi protectrice
    N'enferme que des criminels,
Vois-je tous ces enfants (1) que déjà sa justice
    Enlève des bras maternels?
    Dans un âge encore si tendre
    Comment ont-ils donc pu descendre
    Jusque dans ces gouffres vengeurs
    Où, pour assurer sa durée,
    La société menacée
    Jette à bon droit ses agresseurs?

Livrés à l'ignorance unie à la misère,
    Quelques-uns, hélas ! ont commis

(1) Leur nombre s'élève de onze à douze mille par an. (Voir le rapport présenté par M. Corne à l'Assemblée Nationale, le 14 décembre 1849.)

De ces actes que frappe une peine sévère
    Et qu'ils n'ont pas même compris (1);
    D'autres, au milieu des blasphèmes,
    Ont reçu de leurs parents mêmes
    L'exemple et la leçon du mal,
    Et, bien moins à punir qu'à plaindre,
    Par eux ils se sont vu contraindre
    A suivre ce sentier fatal.

Et désormais, pendant leurs plus belles années,
    Plongés dans un air infecté,
Leur cœur s'imprégnera des vapeurs emportées
    Qu'exhale le crime entassé.
    De l'enfant l'âme appesantie
    Vers le ciel, sa noble patrie,
    Ne reprendra point son essor;
    Entré là malfaiteur novice,
    Il en sort savant dans le vice
    Et bien plus redoutable encor.

Sur cet ignoble amas de fange et de souillures,
    Que chaque jour voit augmenter,
Qui peut faire à grands flots rouler ces ondes pures
    Assez fortes pour l'enlever?
    A cet enfant déjà coupable,
    A cet être si misérable
    Pour qui tout vrai bien est perdu,
    Qui peut et qui veut entreprendre,
    Par un sublime effort, de rendre
    Le bonheur qui suit la vertu?

(1) L'article 66 du Code pénal les acquitte comme ayant agi *sans discernement*, mais les enferme correctionnellement souvent, pour plusieurs années, dans des maisons de détention. La loi du 5 août 1850 a édicté des dispositions meilleures, dues en grande partie à l'expérience des heureux résultats obtenus à Mettray depuis dix ans.

Un jour, au lieu d'un garde à la voix menaçante,
    Il voit un noble visiteur
Dont le regard est doux, la parole entraînante,
    Et dont le cœur cherche son cœur (1).
      Ils sortent, ò surprise heureuse !
      De cette demeure odieuse
      Où si souvent il a gémi ;
      Ils partent, et, pendant la route,
      Soit qu'il lui parle ou qu'il l'écoute,
      En lui l'enfant sent un ami.

Ils arrivent enfin dans une riche plaine
    Dont des bois ornent le contour.
Là, sous le ciel d'azur de la belle Touraine,
    S'offre le plus riant séjour.
      Des chalets d'agreste structure
      Bordent des tapis de verdure
      Diaprés de fleurs et de fruits ;
      Au fond, la chapelle élancée
      Élève à l'instant la pensée
      Vers le Dieu qui les a produits.

Là d'enfants de tout âge une troupe nombreuse (2),
    A l'air soumis quoique animé,
Par leurs jeux, leurs travaux donnent la preuve heureuse
    De leur force et de leur gaieté.
      Là plus de geôliers, plus d'entraves ;
      De l'honneur seul libres esclaves,
      C'est lui seul qui veille sur eux.
      Comme rien ne clôt leur asile,

(1) Les fondateurs de Mettray vont eux-mêmes chercher les enfants dans les prisons.
(2) J'y en ai vu plus de cinq cents en octobre 1851.

S'enfuir leur serait si facile
Qu'eux-mêmes le trouvent honteux (1).

Ce spectacle étonnant, cette belle nature
Frappent l'enfant à peine entré.
D'abord de son corps même on lave la souillure
Et dans un bain il est plongé;
De là, conduit à la chapelle,
Sur sa tête le prêtre appelle
L'esprit qui seul change le cœur,
Et, par une douce prière,
Lui donne à l'avenir pour mère
La mère même du Sauveur (2).

« Cher enfant, lui dit-il d'une voix attendrie,
Pour toi commence le bonheur,
Si désormais tu prends pour guides de ta vie
La religion et l'honneur.
Tous ces enfants voués au crime
Ont bien pu sortir de l'abîme,
Pourquoi n'en sortirais-tu pas ?
Va, sur cette route nouvelle
Si ta faiblesse encor chancelle,
Le Dieu fort soutiendra tes pas. »

La famille où dès lors il est admis en frère
Ici compte quarante enfants.
Un chef, dont le seul titre est le doux nom de père,
L'entoure de ses soins constants.

(1) A un enfant qui deux fois avait tenté de s'échapper de prison, la dernière fois avec une corde de dix mètres trop courte, on demandait pourquoi il ne cherchait pas à s'enfuir de Mettray, dont pourtant il trouvait la vie très-pénible. C'est, dit-il, qu'il n'y a pas de murailles.
(2) La maison destinée à l'habitation des plus jeunes enfants porte le nom de *maison de Marie*, et tous sont mis sous son patronage.

A son autorité suprême
Par cette famille elle-même
Deux jeunes aides sont donnés ;
Chaque mois, dans son sein fertile,
Elle sait par un vote habile
Se choisir deux *frères aînés.*

Mais cette troupe au joug jusque-là si rebelle,
        Quel est donc ici son lien ?
Quels mobiles divers agissant tous sur elle
        La poussent désormais au bien ?
        C'est le travail et sa contrainte,
        C'est le châtiment et sa crainte,
        La récompense et ses attraits ;
        Mais c'est surtout, noble pensée
        Si dignement réalisée !
        L'honneur, ce sentiment français.

Entre chaque famille un vif désir de gloire
        Excite un généreux combat,
Mais le prix n'est qu'à celle où l'œil de la victoire
        N'a vu faillir aucun soldat.
        Il faut qu'une semaine entière
        De la peine la plus légère
        Aucun membre ne soit frappé,
        Pour qu'on proclame la famille
        Où d'un tel éclat l'honneur brille
        Et qu'un prix lui soit décerné (1).

Aussi de quelle ardeur chaque troupe animée
        En pénètre tous ses soldats !

(1) Le prix est une image, une carte de géographie, ou quelque
autre objet de peu de valeur, mais que la famille qui l'a obtenu expose
glorieusement dans sa maison, car chaque famille a la sienne.

Aussi comme le fort, d'une main empressée,
    Du plus faible soutient les pas !
      « Songe, dit-il, sur toute chose,
      » Qu'ici l'honneur de tous repose
      » Sur l'honneur privé de chacun.
      » Notre gloire à tous te regarde ;
      » Veilles-y donc et prends bien garde
      » D'attenter au trésor commun. »

S'il a failli pourtant, jamais d'une voix rude
    L'enfant n'est aussitôt puni.
On l'isole, et bientôt, grâce à la solitude,
    Sur sa faute il a réfléchi.
      Puis mûrement on examine
      Tout son passé qui détermine
      Jusqu'à quel point il faut sévir ;
      Alors du noble chef qu'il aime
      La douce voix vient elle-même
      Faire naître son repentir.

S'il souffre, aux soins savants qui veillent sur sa vie
    Se joignent sur son lit charmé
Ces doux soins que d'une âme à la pitié nourrie
    Verse la sœur de charité.
      A la mort, hélas! s'il succombe,
      Souvent l'amitié sur sa tombe
      Répand la prière et les pleurs,
      Et sur sa dépouille endormie
      Du frère aîné la main chérie
      Sème le gazon et les fleurs.

Voilà quels sentiments d'une tourbe indocile
    Viennent animer les efforts ;
Voilà quel art puissant de cette impure argile

A su tirer un noble corps ;
Et pour rendre même attrayante
Toute cette suite pesante
De constants et rudes labeurs,
Il imprime à leur marche entière
Cette ordonnance militaire
Si chère à tous les jeunes cœurs.

A l'heure du travail, voyez la jeune armée
    Sous la voix du chef s'aligner.
Les postes sont fixés ; chaque troupe formée
    Sait sur quel point il faut marcher.
    De vingt clairons la voix vibrante
    Lance une fanfare éclatante.
    Soudain l'œil brille, le cœur bat,
    Et, pleine d'une ardeur guerrière,
    A pas pressés la troupe entière
    Marche au travail comme au combat.

Quelques-uns des jardins ont le riant domaine
    Si riche en produits savoureux ;
D'autres, bien plus nombreux, répandus dans la plaine
    Soumise à leurs bras vigoureux,
    Labourent, fauchent ou moissonnent ;
    D'autres qui largement façonnent
    Le drap, le cuir, le fer, le bois,
    Iront, loin du luxe des villes,
    Ouvriers grossiers mais utiles,
    Servir aussi les villageois (1).

De même que toujours une habile culture
    De la terre double le prix,

_____

(1) Il y a environ 50 jardiniers, 330 agriculteurs, 150 ouvriers de divers métiers propres à être exercés à la campagne : charrons, sabo-tiers, forgerons, etc.; plus de 500 en tout.

De même le savoir vient, mais avec mesure,
    Féconder leurs jeunes esprits.
    On conduit leur intelligence
    Jusqu'à ce degré de science
    Qui saura partout leur servir;
    Mais avec prudence on évite
    Tout ce qui pourrait dans la suite
    Vainement les enorgueillir (1).

Après tant de travaux, quand revient la journée
    Consacrée au maître des cieux,
Par le saint sacrifice elle est sanctifiée
    Et par d'autres actes pieux.
    De la morale évangélique
    Leur zélé pasteur leur explique
    La base et les sublimes lois;
    Puis, de Dieu chantant les louanges,
    Ils unissent aux chœurs des anges
    Et leurs instruments et leurs voix.

Le gymnase, qui dompte ou prévient la mollesse,
    Vient à son tour former leurs corps,
Pour que la fermeté, la vigueur et l'adresse
    Secondent partout leurs efforts.
    D'autres fois, leurs bras intrépides
    Des eaux profondes et rapides
    Apprennent à braver le cours;
    On veut que leur corps et leur âme
    Ne craignent ni l'eau ni la flamme
    Dès qu'il faut porter un secours.

---

(1) Lire, écrire, compter, chanter, surtout en plain-chant, voilà le fond de leur instruction. On y joint un peu d'orthographe usuelle et de dessin linéaire.

Mais que vois-je en effet? une flamme homicide
      S'élève en tourbillons là-bas.
Ils partent à l'instant d'un pied ferme et rapide;
      Leur pompe roule sur leurs pas.
      Bientôt le fatal incendie
      Cède à leur adresse hardie
      Pour qui le péril n'est qu'un jeu;
      Mais ceux qu'une peine sévère
      A frappés, ô douleur amère!
      N'ont pas l'honneur d'aller au feu (1).

Plusieurs, fils de la mer et nés sur son rivage
      Qu'ils regrettent même en ces lieux,
S'applaudissent du moins d'y retrouver l'image
      De leurs travaux et de leurs jeux.
      Dans le doux espoir qui la berce
      Voyez leur troupe qui s'exerce
      Sur ce grand mât et ses agrès (2);
      A voler sur les flots pour elle,
      Dès que la France les appelle,
      Voilà des matelots tout prêts.

Oui, partez maintenant, vous tous de qui l'enfance
      Profita si bien dans ces lieux.
Vous, allez cultiver, vous, défendre la France,
      Vous, naviguer sous d'autres cieux;
      Vous, dans une agreste industrie
      Portez ce que veut la patrie:
      Des cœurs droits, des bras exercés;
      Montrez tous qu'aujourd'hui vous êtes

(1) Ceux qui sont au quartier de punition ne sont pas conduits à l'incendie, ce qui est pour eux une très-grande humiliation.
(2) Don du ministre de la marine.

11

Francs chrétiens, citoyens honnêtes,
Du travail soldats éprouvés.

Mais, pour frapper longtemps leur cœur et leur mémoire,
Chacun d'eux d'abord est mené
Devant ce grand tableau qui conserve l'histoire
De tous ceux qui l'ont précédé.
Là, pendant trois ans, leur conduite
Fidèlement est reproduite
Depuis l'instant de leur départ,
Et dans ce tableau de famille,
Où partout la lumière brille,
Un peu d'ombre a pourtant sa part (1).

« Regarde, lui dit-on, si notre colonie
Est fière à bon droit de ses fils!
Des soins auxquels tu dois une nouvelle vie
Sache aussitôt payer le prix.
Ne trompe point notre espérance;
L'honneur et la reconnaissance
Pour toujours t'en font une loi;
Que le noble front de ta mère
De la tache la plus légère
Ne soit jamais terni par toi. »

« En tous lieux souviens-toi que notre surveillance
Va tendrement suivre tes pas,
Que d'amis dévoués l'active bienveillance
Ailleurs ne te manquera pas (2).

(1) Parmi les libérés sortis de Mettray, le nombre des récidivistes
est trois fois moins fort que parmi les libérés ordinaires.
(2) Société paternelle de surveillance et de patronage, formée également par les fondateurs de Mettray pour soutenir les jeunes gens après
leur sortie de la colonie.

Pourtant un jour si sur ta vie
Le besoin ou la maladie
Jetaient un voile de douleur,
Reçois-les d'un œil plus tranquille,
Bien sûr de trouver un asile
Dans nos bras et sur notre cœur (1). »

Il part, mais en portant ces pensées salutaires
Qui toujours seront son appui ;
Il part, mais en songeant que les yeux de ses frères
Seront partout fixés sur lui.
C'est ainsi que la jeune armée ,
En tous lieux quoique dispersée ,
Garde pourtant le même cœur ;
C'est un grand tout dont les parties
Entre elles fortement unies
Ont pour lien commun l'honneur !

O vous, dignes amis, Demetz, de Bretignère,
Dont le sublime dévouement
A consacré ses soins, ses biens, sa vie entière
A créer un tel monument,
Poursuivez ; votre noble exemple
Dans la France qui vous contemple
De toutes parts porte son fruit (2) ;
Mais aussi quelle récompense !
Si vous gardez la conscience
Du bien que vous avez produit !

Et moi qu'une jeunesse éclairée et nombreuse
Eut pour guide pendant trente ans,

(1) En cas de chômage ou de maladie, l'ancien colon peut retourner
à Mettray. S'il demeure dans les environs, il peut y venir dîner chaque
dimanche, et entretenir ainsi l'esprit de famille.
(2) Bon nombre d'établissements se sont formés depuis dans le
même but et à peu près sur les mêmes principes que Mettray.

Moi qui, grâces aux dons de sa main généreuse,
 Secondai vos efforts naissants,
  Au grand acte qui vous honore
  Que je serais heureux encore
  Si ma voix pouvait concourir!
 De toute œuvre utile à la France
 Répandre au loin la connaissance,
 C'est aussi savoir la servir (1).

(1) L'auteur, quand il a composé cette pièce, était proviseur du lycée de Poitiers, dont les souscriptions ont contribué aux premiers développements de Mettray.

LETTRE DE M. DEMETZ A M. MÉNARD.

Mettray, 19 février 1852.

MONSIEUR,

Veuillez recevoir l'expression de mes regrets de ne pas vous avoir répondu plus tôt, mais j'étais absent de Mettray lorsque votre lettre y est parvenue.

Vous voulez bien, Monsieur, me demander de vous faire part de mes observations sur les vers que vous avez composés en faveur de Mettray. Je vous dirai, sans flatterie, qu'il est impossible d'avoir rendu avec plus de poésie des détails qui semblaient résister à toute espèce de mouvements oratoires, et d'avoir mieux fait comprendre jusqu'à quel point le sentiment religieux dominait dans notre institution. Merci donc d'avoir été un interprète aussi éloquent de notre œuvre.

Vous joignez le désintéressement au mérite. Aussi croyez que ma profonde gratitude ne peut être égalée que par ma très-haute estime.

Votre tout dévoué,

DEMETZ.

TRADUCTIONS ET IMITATIONS.

IPHIGÉNIE EN TAURIDE,

SCÈNES TRAGIQUES (1).

Le théâtre représente un bois sacré; au fond, le temple de Diane
sur un promontoire dominant la mer, qu'on aperçoit au loin.

PERSONNAGES :

THOAS, roi de la Tauride (maintenant Crimée);
IPHIGÉNIE; ORESTE; PYLADE; un officier de Thoas.

THOAS, à Iphigénie.

De ce temple sacré prêtresse vénérée,
Je viens seul aujourd'hui t'en demander l'entrée.
Avant que tout mon peuple, aux cœurs reconnaissants,
A l'autel de Diane apporte ses présents,

(1) Sur plusieurs points il y a imitation de quelques parties de
l'*Iphigénie* de Gœthe, le seul auteur qu'on eût sous les yeux dans la
campagne où ces scènes ont été versifiées. Tout le reste est d'inven-
tion, comme disposition, dénouement et détails. Du reste, dans les
traductions et imitations suivantes, on s'est conformé, autant qu'on
l'a pu, aux préceptes que voici :
« Une bonne traduction en vers doit rendre le mouvement et la
» couleur de l'original plutôt que d'en reproduire servilement les
» formes et les rhythmes. Il ne faut pas demander à une langue et à
» une prosodie ce que leur génie refuse de donner. » (André Theu-
riet, *Revue des Deux-Mondes*, 1er février 1877.)

Je veux, sans vain orgueil au sein de la victoire,
D'abord à la déesse en reporter la gloire.
Les Scythes de nouveau dans nos champs répandus
Déjà faisaient plier nos soldats éperdus ;
Ralliant près de moi quelques guerriers d'élite,
Des autres je tentais de réparer la fuite.
C'en était fait, la Parque allait trancher mes jours,
Quand, alors de Diane implorant le secours,
« O déesse, ai-je dit, toi dont l'arc redoutable
» Pour nous plus d'une fois s'est montré secourable,
» Fais tomber sous nos coups, ou plutôt sous les tiens,
» Ces cruels ennemis de ton peuple et les miens. »
A peine j'achevais, que de sa main puissante
Diane aux ennemis renvoyait l'épouvante,
D'une nouvelle ardeur animait nos guerriers,
Rendait leurs bras plus forts, leurs coups plus meurtriers;
Les Scythes les plus fiers et les plus intrépides
S'enfuyaient à leur tour comme des daims timides,
Ou bien, percés d'en haut par d'invisibles traits,
De leurs corps expirants ils jonchaient nos guérets.
Je viens donc adorer la puissance infinie
De celle à qui je dois et l'honneur et la vie.

IPHIGÉNIE.

O prince, tu le vois, qui se confie aux dieux
Du plus sanglant combat revient victorieux.
Avec un saint respect entre donc dans ce temple,
Et viens à tes sujets donner le noble exemple
D'un vainqueur qui, du ciel reconnaissant l'appui,
Rend grâce des succès qui lui viennent de lui.

THOAS.

Tu dis vrai ; je les dois sans doute à la déesse,
Mais que ne dois-je pas encore à sa prêtresse !

Ta modestie en vain ne veut pas l'avouer,
Tous les cœurs sont ici d'accord pour te louer.
Tous disent que depuis qu'une force inconnue
T'apporta dans ce temple au milieu d'une nue,
Sans pouvoir l'expliquer, un changement heureux
A fait des jours sereins de nos jours ténébreux :
La victoire nous suit, ou même nous devance ;
Notre climat moins rude amène l'abondance;
Nos cœurs mêmes, nos cœurs sont devenus plus doux ;
Autrefois l'étranger arrivé parmi nous,
Quels que fussent son nom, son rang et sa patrie,
Sur cet autel sanglant devait laisser sa vie.
Cet usage cruel, tu l'as fait supprimer.
La déesse à son tour, loin de s'en courroucer,
Plus prompte que jamais exauce tes prières;
Et moi-même, héritier de l'orgueil de mes pères,
Moi que rien autrefois n'eût pu faire fléchir,
Malgré moi chaque jour je me sens attendrir.
Eh bien ! fais plus encore, achève ton ouvrage;
De ce cœur adouci daigne accepter l'hommage;
Sur mon trône avec moi, reine, viens te placer:
Tes leçons m'apprendront le grand art de régner;
Quand pour guide j'aurai ta haute intelligence,
Mes sujets béniront ton heureuse influence ;
Ma gloire et leur bonheur ne seront dus qu'à toi,
Et c'est alors qu'enfin je serai vraiment roi.

IPHIGÉNIE.

Qui, moi, pauvre, exilée, orpheline peut-être,
Presque esclave, aspirer au trône de mon maître !
Non, prince, laisse-moi, libre d'un tel honneur,
Finir mes jours obscurs consacrés au malheur.
Crois-moi, n'insiste pas; si tu pouvais connaître
Quel funeste destin s'attache à tout mon être,

Bientôt on te verrait honteusement chasser
Celle que jusqu'à toi tu voulais élever.

THOAS.

Et que m'importe à moi quelle est ton origine !
Moi je la crois royale et peut-être divine;
J'en juge à ton génie, à ton air de grandeur,
A ce charme puissant qui pénètre mon cœur.
Mais de quelque forfait serais-tu donc coupable?
Non, ma raison repousse un fait si peu croyable;
Celle que de faveurs chaque jour voit combler,
Celle qu'aiment les dieux n'a pu les offenser.

IPHIGÉNIE.

Eh bien ! sache-le donc : oui, ma race est royale,
Race, hélas ! trop souvent criminelle et fatale;
Tantale est le premier de mes nobles aïeux.

THOAS.

Tantale ! ce mortel qui, ravi dans les cieux,
Et des banquets divins partageant l'allégresse,
Fit même aux immortels admirer sa sagesse.

IPHIGÉNIE.

Il la perdit bientôt : son orgueil indiscret
Ne sut pas conserver un auguste secret;
Il s'en vanta partout, et ce fut là son crime.
Jupiter irrité le plongea dans l'abîme
Où les eaux et les fruits qu'il veut atteindre en vain
Se dérobent sans cesse à sa bouche, à sa main.
Pélops, qui fut son fils, épris d'Hippodamie,
Joua pour l'obtenir son honneur et sa vie.

Charmé de ses attraits, un amoureux essaim
Briguait d'Hippodamie et le cœur et la main.
Son père Œnomaüs, qui régnait dans l'Élide,
Excellait à guider le char le plus rapide,
Et, pour fixer son choix entre tant de rivaux,
Défiait fièrement leurs chars et leurs chevaux;
Mais, d'après une loi par lui-même établie,
Les vaincus sur-le-champ devaient perdre la vie.
Tous avaient succombé. Désormais sans rival,
Pour être sûr de vaincre en ce combat fatal,
Pélops à prix d'argent sait s'attacher un traître :
Il lui fait enlever au char de son vieux maître
L'écrou qui, de la roue arrêtant le moyeu,
Le maintient à sa place en roulant sur l'essieu.
Les chars partent de front; bientôt dans la carrière,
Celui d'Œnomaüs roule sur la poussière;
Pélops voit ce vieillard à ses yeux expirer,
Et, vainqueur par un crime, après lui vient régner.
Deux fils furent le fruit de son hymen funeste.
Je frémis en parlant d'Atrée et de Thyeste.
Pélops d'un autre lit avait un premier fils;
Pour détruire les droits au jeune prince acquis,
A ce frère en secret ils arrachent la vie.
Pélops de ce forfait accuse Hippodamie
Qui, d'un père en fureur redoutant le transport,
Le prévient elle-même et se donne la mort.

THOAS.

Que de crimes affreux ! quelle famille horrible !

IPHIGÉNIE.

Ce n'est pas tout; écoute un récit plus terrible.
Par un commun accord le couple criminel

Devait se partager le trône paternel ;
Mais Thyeste, bientôt expulsé par son frère,
Avait séduit sa femme, et de cet adultère
Deux fils étaient sortis ; Atrée en son erreur
Des jours de ces enfants croyait être l'auteur.
Il apprend à la fin ce mystère funeste ;
Il feint de l'ignorer, il rappelle Thyeste ;
« Des frères, lui dit-il, peuvent bien s'offenser,
» Mais des frères toujours doivent se pardonner. »
Avec lui par serment il se réconcilie,
Puis, dans un grand festin auquel il le convie,
Avec un art horrible et des mets succulents
Il fait entremêler la chair de ses enfants.
Thyeste se repait de ce mets détestable ;
A la fin du festin : « Mon frère, à cette table
» Ne pourrons-nous, dit-il, voir paraître tes fils ?
» — Certes, répond Atrée, ils ont droit d'être admis ;
» Qu'ils paraissent. » Thyeste, en son erreur fatale,
Attache ses regards aux portes de la salle ;
Pour embrasser ses fils déjà s'ouvrent ses bras ;
Son oreille déjà croit entendre leurs pas,
Quand son frère soudain : « Vois, lui dit-il, Thyeste,
» Des membres de tes fils vois ici ce qui reste ;
» Tu les as dévorés ! exécrable bourreau ;
» Toi-même de tes fils tu t'es fait le tombeau ;
» Mais, pour que rien ici ne manque à cette fête,
» Je veux la couronner : tiens, te voilà leur tête. »
Pour ne pas éclairer ces forfaits odieux,
Le soleil plein d'effroi recula dans les cieux.

THOAS.

Assez d'horreurs, assez ! Mais toi, par quel prodige
As-tu bien pu sortir d'une pareille tige ?

IPHIGÉNIE.

De cet Atrée est né mon père Agamemnon,
Qui d'un tout autre éclat a fait briller son nom.
La noble Clytemnestre à Mycène amenée
A celle de ce prince unit sa destinée,
Et je fus le premier gage de leur amour.
Une autre fille, Électre, après moi vit le jour,
Et, pour combler les vœux de mon illustre père,
Clytemnestre aux deux sœurs donna plus tard un frère,
Oreste, cher objet de mes soins assidus,
Oreste, que mes yeux, hélas ! ne verront plus.
Nous grandissions en paix, quand une affreuse guerre
Vint, tu le sais sans doute, ensanglanter la terre.
Pour punir les Troyens, pour venger Ménélas,
La Grèce avec transport arma tous ses soldats;
Leur flotte au port d'Aulis fut bientôt rassemblée.
Mon père commandait cette innombrable armée,
Où, désigné pour chef par un glorieux choix,
Il voyait après lui marcher plus de vingt rois.
La flotte allait partir; mais Diane, irritée
D'avoir de tous les dieux seule été négligée,
Quand les Grecs leur offraient leurs vœux et leur encens,
Rend la mer immobile et fait tomber les vents.
L'oracle est consulté; sa réponse cruelle
Jette au cœur de mon père une crainte mortelle :
S'il veut sauver la Grèce et conserver son rang,
De sa première fille il faut verser le sang.
Il balance longtemps; Clytemnestre, trompée
Par un ordre douteux, me conduit à l'armée,
Qui, lasse de languir si longtemps dans le port,
Nous entoure en tumulte et demande ma mort.
L'autel était dressé, la victime était prête,

Déjà le fer allait s'abattre sur ma tête,
Quand la déesse, enfin apaisant son courroux,
M'enlève dans les airs, me jette parmi vous,
Et de son temple saint me consacre prêtresse.
J'ignore depuis lors tout ce qu'a fait la Grèce;
Mon père, mes parents existent-ils encor?
Ont-ils bravé les coups de l'homicide Hector?
Les Grecs ont-ils atteint le but de leur vengeance?
La superbe Ilion est-elle en leur puissance?
Depuis bientôt vingt ans liée à cet autel,
Je flotte incessamment dans un doute cruel.
O prince, permets-moi de revoir ma famille;
Rends la fille à son père et le père à sa fille,
Et mon cœur, conservant ton plus cher souvenir,
Ne le rappellera jamais sans te bénir.

THOAS.

C'est donc là tout le prix de ma vive tendresse!
Et que me font à moi tes parents et la Grèce?
Qui me fait un devoir de m'immoler pour eux,
Quand c'est toi-même, enfin, toi seule que je veux?
D'ailleurs, depuis le jour où tu lui fus ravie,
Qui songe en ton pays au sort d'Iphigénie?
Penses-y bien, moi seul m'occupe encor de toi;
Viens donc le reconnaître en recevant ma foi.

IPHIGÉNIE.

As-tu donc oublié de qui je suis prêtresse?
Qu'à jamais j'appartiens à la chaste déesse?
Que ces jours malheureux, ces jours qu'elle a sauvés
Ne peuvent qu'à son culte être encor consacrés?
Elle-même a pour moi choisi ce saint asile;
Irai-je en ton palais, au milieu d'une ville,

M'enchaînant à ton sort, contre sa volonté,
Braver un châtiment justement mérité ?
Aveuglé par l'amour, tu t'ignores toi-même ;
Tu crois dans cet amour trouver le bien suprême :
Moi je veux t'assurer des jours plus fortunés,
En repoussant des nœuds par le ciel réprouvés.

THOAS.

Eh bien ! tu le veux donc ! soit, demeure prêtresse,
Mais reste en tous les points fidèle à ta déesse.
Cet usage sanglant que tu fis abolir,
Sans retard dans ce temple il faut le rétablir.
J'eus tort de supprimer cet ancien sacrifice ;
Ici tout étranger doit s'attendre au supplice :
Nos pères l'ont voulu.

IPHIGÉNIE.

                    Crois-tu donc que les dieux
Aiment de notre sang à repaître leurs yeux ?
Les supposer cruels, c'est ne pas les connaître.
Diane, en m'arrachant au couteau de son prêtre,
A voulu nous montrer que le sang d'un mortel
Ne doit en aucun cas couler sur son autel.
Elle-même, tu vois, condamne votre usage.

THOAS.

Va, je n'écoute plus ton séduisant langage.
Devant toi trop longtemps j'abaissai ma fierté ;
Je reprends mon orgueil et ma férocité.
Peut-être près de toi ma sauvage rudesse
Se serait adoucie au souffle de la Grèce,
Mais de tes vains efforts tout le fruit est perdu ;
Je redeviens barbare, et tu l'auras voulu.

UN OFFICIER.

Prince, de ce rocher qui domine la plage
On aperçoit au loin, luttant contre l'orage,
Deux vaisseaux séparés qui, malgré leurs efforts,
Vont sans doute bientôt échouer sur ces bords.
Peut-être portent-ils une troupe ennemie
Prête à semer ici le meurtre et l'incendie ;
Que faut-il faire ? Ordonne.

THOAS.

                    Assemble mes soldats,
Et pour les diriger je vais suivre tes pas.
Eh bien ! prêtresse, eh bien ! nous voilà des victimes !
Ces hommages sanglants que tu traites de crimes,
Ces ordres souverains qu'il lui plaît de donner,
Le ciel ne permet plus de les interpréter.
La déesse à bon droit peut se trouver blessée
De l'orgueil qui prétend expliquer sa pensée.
Rendons-lui ses honneurs sans raison suspendus ;
Rendons-lui tous ses droits trop longtemps méconnus.
S'ils sont jusqu'en ces lieux poussés par la tempête,
Les chefs de ces vaisseaux y laisseront leur tête ;
Je cours les arrêter. Toi, prépare-toi bien
A faire ton devoir ; moi je ferai le mien.
                              (Il sort.)

IPHIGÉNIE.

O toi, mon seul appui, déesse tutélaire,
Entends ma faible voix, exauce ma prière :
Sauve des malheureux que menace la mort ;
Tu peux les arracher aux bras cruels du sort.

Sur les ailes des vents, au milieu des nuages,
Tu peux les transporter aux plus lointains rivages;
Reine, ne permets pas qu'un monarque cruel
Me contraigne à la fin à souiller ton autel.
Oh! fais, fais que ces mains qui te sont consacrées
D'une tache de sang soient toujours préservées;
Même sans le vouloir quand on l'a répandu,
Le repos jour et nuit est à jamais perdu;
Le meurtre, quel qu'il soit, paraît toujours un crime,
Et sans cesse on croit voir se dresser la victime.
Mais qui donc porte ici ses pas audacieux?

PYLADE, *arrivant par la gauche.*

Sauve-moi, cache-moi quelque part dans ces lieux,
O toi de qui l'aspect, en ce pays barbare,
Offre à mes yeux surpris une noblesse rare.

IPHIGÉNIE.

Étranger, dans ces lieux comment es-tu venu?

PYLADE.

Contre d'affreux écueils mon vaisseau s'est perdu,
Et tandis qu'à grand'peine échappé du naufrage
Sur un débris flottant je gagne le rivage,
Je vois de loin courir de féroces soldats
Dont les cris menaçants m'annoncent le trépas.
A travers les rochers précipitant ma fuite,
J'échappe à leurs regards, j'échappe à leur poursuite;
Dans les détours du bois, dans les creux du rocher
D'ici je les entends vainement me chercher;
Pour rendre plus longtemps leur poursuite inutile,
Ce temple au moins devrait me fournir un asile;
Quelles sont donc les mœurs de cet affreux pays
Pour qui les étrangers sont tous des ennemis?

Oh ! ce n'est point ainsi que mon aimable Grèce,
Du malheureux, du pauvre accueille la détresse ;
De l'admettre en ami chacun s'y montre fier,
Car pour nous le malheur est fils de Jupiter.

IPHIGÉNIE.

Eh quoi ! tu serais Grec ? Oh ! parle, je t'en prie,
Que j'entende l'accent de ma douce patrie !
Ses guerriers, ses héros que sont-ils devenus ?
Ont-ils pris Ilion ? en sont-ils revenus ?
Presque esclave en ces lieux depuis bien des années,
Nul encor ne m'a pu conter leurs destinées.

PYLADE.

Que tes pleurs vont couler quand tu sauras leur sort !
Pour presque tous, hélas ! c'est l'exil ou la mort.
Le plus fameux de tous, le redoutable Achille,
Le meurtrier d'Hector, ne força point sa ville ;
A sa sœur Polyxène au moment d'être uni,
Il tomba sous le fer d'un perfide ennemi.
Outré de ne pouvoir obtenir son armure,
Le fier Ajax ne put supporter cette injure,
Et de sa propre main se donna le trépas.
Après dix ans entiers des plus sanglants combats,
Ilion, à nos Grecs par surprise livrée,
Vit enfin arriver sa dernière journée ;
Mais le destin n'a point épargné ses vainqueurs.
Faut-il, hélas ! ici redire leurs malheurs !
Par des signaux trompeurs sur des rocs attirée,
Leur flotte presque entière a péri près d'Eubée.
L'autre Ajax est tombé dans les flots courroucés,
Foudroyé par les dieux qu'il avait outragés.
De sa Crète chassé, le vieil Idoménée

Traine sur d'autres bords sa vie infortunée
Que trouble le remords de la mort de son fils
Immolé de sa main à des dieux ennemis.
Diomède, en trouvant son épouse livrée
Au plus honteux désordre, a fui, l'âme indignée,
Et sur des bords lointains transporté ses foyers.
Ulysse, ayant erré pendant dix ans entiers,
Et des vents et des flots éprouvé la furie,
A pu revoir enfin son Ithaque chérie,
Mais sans y ramener un seul de ses soldats.

IPHIGÉNIE.

Mais il est un héros dont tu ne parles pas,
Le chef de tous les Grecs, le chef de ma famille,
Le grand Agamemnon.

PYLADE.

    Quoi ! tu serais ?

IPHIGÉNIE.

        Sa fille,
Qui, tout près de mourir pour apaiser les cieux,
Fut alors par Diane apportée en ces lieux;
J'y préside à son temple.

PYLADE.

      Oh ! fille infortunée,
Que n'as-tu pu subir alors ta destinée !
Le ciel, en terminant ta vie et tes douleurs,
T'aurait pour l'avenir épargné bien des pleurs.

IPHIGÉNIE.

De ta bouche, grands dieux ! que dois-je donc entendre !
Je crains de le savoir, je brûle de l'apprendre.

PYLADE.

Pourquoi me demander ce funeste récit ?

IPHIGÉNIE.

Parle, et pourtant déjà tout mon cœur en frémit.

PYLADE.

Tandis qu'Agamemnon marchait à la victoire,
Clytemnestre oubliait ses devoirs et sa gloire,
Et, docile aux propos d'un lâche séducteur,
A d'indignes amours laissait aller son cœur.
Au retour du héros, redoutant sa présence,
Bientôt avec Égisthe elle est d'intelligence ;
Dans un tissu trompeur par elle enveloppé,
Son époux sans défense est mort assassiné.

IPHIGÉNIE.

Ciel, ô ciel ! faut-il donc à la mort de mon père
Avoir à joindre encor le crime de ma mère !
Mais Oreste, mon frère, au moins est-il sauvé ?

PYLADE.

Aux coups des assassins Oreste est échappé.
Électre surveillait cette tête si chère
Et la remit aux soins de Strophius, mon père.
Élevé près d'Oreste avec lui j'ai grandi ;
Oreste voit en moi son plus fidèle ami.
Intimement unis dès notre tendre enfance,
Ensemble nous avons médité la vengeance.
Oreste a de son père immolé l'assassin,
Mais son bras indigné que poussait le destin

N'a point su retenir sa redoutable épée
Qui dans un autre sang aussitôt s'est trempée ;
Clytemnestre, en pressant Égisthe entre ses bras,
De la main de son fils a reçu le trépas.
Depuis ce jour affreux, les déesses fatales,
Ministres redoutés des fureurs infernales,
S'acharnent nuit et jour sur cet infortuné
Que poursuit en tous lieux leur courroux obstiné.
L'oracle de Délos à la fin lui commande
D'apporter à ce temple une pieuse offrande ;
Apollon à ce prix lui promet le repos.
Déjà nous approchions, lorsque soudain les flots
Contre nous soulevés par un violent orage
Séparent nos vaisseaux, les jettent au rivage.
Celui que dirigeait mon malheureux ami
Comme le mien peut-être aura déjà péri ;
Peut-être est-il sauvé, moi-même je l'ignore.

IPHIGÉNIE.

Oreste, ô dieux puissants ! pourrait donc vivre encore ;
Diane, en sa faveur, j'implore ton appui !
Viens, suis-moi, dans ce temple allons prier pour lui.

ORESTE, *seul, arrivant par la droite.*

En entrant dans ce bois où règne le silence,
J'éprouve je ne sais quelle douce influence ;
Mon sang est rafraîchi, mes esprits sont calmés.
Ces monstres odieux à me suivre acharnés
De ce temple sacré n'osent franchir l'enceinte
Et venir insulter à sa majesté sainte.
Je n'entends plus siffler leurs serpents furieux ;
Leur aspect effrayant ne trouble plus mes yeux ;
Je ne vois plus surgir cette vapeur sanglante

D'où sans cesse sortait une ombre menaçante ;
Ma mère ! ah ! je la vois sous un aspect plus doux
S'avancer en donnant la main à son époux ;
Des crimes du passé la trace est effacée ;
L'avenir s'éclaircit et déjà ma pensée
S'ouvre à l'espoir flatteur d'un bonheur inconnu ;
Mais pour qu'il soit complet, que ne m'es-tu rendu,
Pylade, seul ami du malheureux Oreste !

IPHIGÉNIE, *sortant du temple.*

Oreste ! juste ciel ! Quoi ! tu serais Oreste !
Oreste, ah ! laisse-moi te serrer dans mes bras !

ORESTE.

Femme, que me veux-tu ? de moi n'approche pas ;
Trop longtemps jusqu'ici ma funeste influence
Fut fatale à quiconque affronta ma présence.

IPHIGÉNIE.

Oh ! je n'éprouve point cette vaine terreur ;
Elle n'est rien pour moi, pour moi qui suis ta sœur.

ORESTE.

Toi, ma sœur ! que dis-tu ?

IPHIGÉNIE.

Je suis Iphigénie
Emportée autrefois bien loin de ma patrie,
Et qui, depuis vingt ans, enchaînée en ces lieux,
Pour la première fois y vois un jour heureux.
Du lointain souvenir de tes jeunes années,
Les traces, je le vois, chez toi sont effacées ;

Enfant, tu n'as pas pu garder ce souvenir;
Pour moi déjà plus grande il ne pouvait périr.
C'est moi, sache-le bien, de qui la vigilance
Veillait avec amour sur ta première enfance,
Moi qui le plus souvent te portais sur mes bras,
Moi dont la main guidait et soutenait tes pas;
Moi, moi, de qui l'oreille à t'entendre exercée
Dans tes accents confus démêlait ta pensée.
Mais l'enfant que mes yeux ont vu dans son berceau,
Comme le voilà grand ! comme le voilà beau !
Ah ! de ce doux aspect laisse-moi me repaître;
Va, rien qu'à mes transports tu dois me reconnaître.

THOAS, *entrant.*

Eh quoi ! je trouve ici ce jeune homme inconnu
Que déjà mes soldats de loin ont aperçu !
Étranger, qui t'amène ? Ici que viens-tu faire ?
Des dieux tu t'es sans doute attiré la colère,
Car, d'après un usage antique et solennel,
Ici tout étranger périt sur cet autel.

IPHIGÉNIE.

O Thoas, ô mon roi, ma bouche t'en supplie,
Laisse-toi désarmer, épargne cette vie,
Ne porte pas la main sur cet infortuné
Que les flots en fureur ont eux-mêmes sauvé;
Respecte au moins comme eux une tête si chère.

THOAS.

Si chère ! et pourquoi donc?

IPHIGÉNIE.

        Barbare, c'est mon frère,
Oui, mon frère, le fils du grand Agamemnon,

Du héros qui vainquit la superbe Ilion.
Veux-tu donc d'un seul coup éteindre sa famille,
Faire périr ensemble et le fils et la fille ?
Car, si mon frère meurt, je partage son sort,
Et sur son corps sanglant je me donne la mort.
Oh ! que la voix du cœur par toi soit écoutée !

THOAS.

Elle l'a bien été par un Grec, par Atrée,
Et tu veux qu'un barbare obéisse à sa loi !
J'eusse fait comme Atrée ; il ferait comme moi.
Et qu'importe d'ailleurs votre illustre naissance !
Si le ciel a jeté ton frère en ma puissance,
C'est qu'il veut, sans égard pour son nom, pour son rang,
Recevoir en offrande un plus glorieux sang.
Diane ouvertement demande une victime,
Et nous ne pouvons plus la lui ravir sans crime.

PYLADE, sortant du temple.

S'il faut une victime, eh bien ! prends celle-ci.
Le sort, qui le premier m'a poussé jusqu'ici,
De lui-même à la mort a dévoué ma tête ;
Pour moi je la réclame, et la victime est prête.
S'il faut un sang illustre à ton couteau fatal,
Je suis aussi moi-même issu d'un sang royal ;
La sœur d'Agamemnon, Antiope est ma mère.

ORESTE.

Ami trop généreux, eh ! que dirait ton père,
A qui je dois ces jours que tu veux préserver,
Si je laissais son fils pour moi se dévouer ?
Je n'abuserai point d'une amitié si rare.
J'entends déjà s'ouvrir les portes du Tartare ;

C'est pour moi, j'en suis sûr ; par des crimes divers
J'ai seul acquis le droit de descendre aux enfers.
Garde pour tes parents ton innocente vie.
Porte mes derniers vœux à ma chère patrie ;
Dis-lui que mon destin m'eût paru moins cruel
Si j'avais pu mourir sur son sein maternel.
Mais, puisqu'à ce bonheur je ne puis plus prétendre,
Tâche au moins, cher ami, d'y déposer ma cendre.

THOAS.

Ainsi donc c'est la mort que disputent vos vœux !
Eh bien, soit ! vous l'aurez ; vous périrez tous deux.

ORESTE.

Nous périrons tous deux ! mais non pas sans vengeance ;
Songe que te voilà seul en notre puissance,
Que d'ici tu ne peux appeler tes soldats ;
Qu'avant que jusqu'à nous ils aient porté leurs pas ,
Sous nos coups réunis tu peux tomber sans gloire.
Mais ma fierté repousse une telle victoire ;
Mon courage et mon bras sont assez affermis
Pour ne pas contre un seul armer deux ennemis ;
Seul je te combattrai ; tire ton cimeterre,
Défends-toi.

IPHIGÉNIE.

Juste ciel ! oh ! protége mon frère.

Thoas avec son sabre recourbé porte rapidement des coups de
tête, de flanc et de jarret à Oreste qui les pare du fort de son épée
et le perce d'un coup de pointe.

ORESTE.

Notre ennemi n'est plus. A pas précipités
Fuyons, amis, fuyons de ces lieux détestés.

Derrière ces rochers, dans une anse écartée,
Aux regards ennemis ma galère est cachée,
Et nous pouvons l'atteindre avant que les soldats
De leur prince expirant n'apprennent le trépas.
Cher Pylade, hâte-toi. De l'enceinte sacrée
Emporte avec respect l'image vénérée :
Son pouvoir devant nous aplanira les flots.
Apollon me l'a dit : « Si tu veux le repos,
» Il te faut réunir la sœur avec le frère. »
De l'oracle à deux sens je comprends le mystère.
Dans le temple sacré de l'Apollon vainqueur
Nous allons déposer l'image de sa sœur;
Et toi que je retrouve, ô chère Iphigénie,
A ton frère aussi toi te voilà réunie.
Les ordres du destin se trouvent accomplis,
Et, grâce aux dieux sauveurs, tous nos vœux sont remplis.

PENTHÉSILÉE.

—

Imitation de quelques parties du poëme de Quintus de Smyrne (1).

———

Hector était tombé sous la lance d'Achille.
Les Troyens tristement renfermés dans leur ville
N'osaient plus désormais, sortant de leurs remparts,
D'un combat dans la plaine affronter les hasards.
Où donc étaient ces cœurs si longtemps intrépides ?
Semblables maintenant aux génisses timides
Qui, de peur du lion errant dans les forêts,
Se ramassent au fond des bois les plus épais,
Sans cesse ils repassaient dans leur âme oppressée
De quels coups les frappait la dure destinée ;
Combien sur l'Hellespont, combien sur d'autres mers
Achille leur avait infligé de revers ;
Sous les murs d'Ilion, sur les bords du Scamandre,
Que de sang généreux ils l'avaient vu répandre,
Et ce deuil accablant pesait déjà sur eux
Comme si Troie alors expirait dans les feux.

Cependant à ces cœurs en proie à la souffrance
Un secours imprévu vient rendre l'espérance.

———

(1) Quintus, dit de Smyrne, poëte grec du IIIᵉ ou du IVᵉ siècle de
notre ère, a laissé un poëme sur la *Fin de la guerre de Troie*, dont il
a conduit le récit depuis la mort d'Hector, où s'arrête l'Iliade, jusqu'au
retour des Grecs dans leur pays. Une intéressante analyse de cet ouvrage a été donnée, en 1856, par Sainte-Beuve à la suite de son *Étude
sur Virgile*.

Des rives de l'Euxin, des bords du Thermodon
Arrive à l'improviste un brillant escadron
De ces femmes de cœur, de ces belles guerrières
Qui bravent sans pâlir les luttes meurtrières.
Leur front est recouvert d'un casque aux crins flottants
Empruntés avec choix à leurs beaux coursiers blancs ;
Leurs légers boucliers à la forme échancrée
Protègent à demi leur cuirasse écaillée,
Et le baudrier d'or que leurs mains ont tressé
A leur côté suspend un glaive recourbé.
Leur carquois est chargé de flèches homicides
Qui dans les rangs lointains portent des coups rapides,
Et dans leurs fortes mains la hache à deux tranchants
De plus près sous son poids abat les combattants.

Mais qui guide en ces lieux leur troupe redoutée?
C'est toi, fille de Mars, frère Penthésilée
Que ton cœur généreux aspirant à l'honneur
D'être pour tout un peuple un dieu libérateur
Pousse à venir, d'une âme et d'une main hardie,
Te mêler à ces chocs dont s'ébranle l'Asie.
De toutes ces beautés qui volent sur ses pas
Aucune cependant n'égale ses appas;
Telle brille la lune au milieu des étoiles ;
Ou telle, quand la nuit a replié ses voiles,
L'Aurore sur son char s'élance dans les cieux
Et pousse avec orgueil ses coursiers radieux.
Comme elle abandonnant les célestes demeures,
D'un cercle étincelant l'environnent les Heures;
Mais quel que soit l'éclat de leurs charmes vantés,
Par ceux de la déesse ils sont tous éclipsés.

Telle aux yeux des Troyens paraît Penthésilée.
Partout à son aspect la foule émerveillée

Dans ses traits reconnaît le redoutable Mars.
Sur elle avidement attachant ses regards
Le peuple avec amour, mais avec épouvante
Contemple cette vierge et terrible et charmante :
Un seul pli de son front lance au loin la terreur,
Quand son sourire aimable exprime la douceur ;
Sur son corps tout entier la grâce répandue
D'une force divine est pourtant revêtue ;
Mais sous ce fier sourcil si rebelle au plaisir
Ses yeux, ses yeux brillants inspirent le désir,
Et sa joue et son sein que la pudeur colore
De ce doux incarnat s'embellissent encore.

A l'aspect imprévu de ce puissant secours,
Ilion de ses maux croit voir finir le cours
Et pousse avec transport mille cris d'allégresse.
Ainsi quand de nos champs la longue sécheresse
A fait aux laboureurs craindre pour la moisson,
Si des nuages noirs montent à l'horizon,
Si l'arc-en-ciel lointain leur promet une ondée,
L'espoir rentre soudain dans leur âme attristée.

Ainsi pour un moment oubliant ses ennuis,
Priam ne songe plus à la mort de ses fils.
Lui-même à son palais il conduit la princesse ;
Un festin somptueux par ses ordres se dresse ;
Pour elle il fait tirer de son riche trésor (1)
Des colliers de corail et des bracelets d'or.
A leur brillant aspect la princesse s'enflamme,
Car au cœur du héros vit encore la femme.
D'un côté, ces bijoux attirent ses regards ;

(1) Dans des fouilles récentes, un savant Allemand a cru reconnaître les restes du palais et du trésor de Priam.

De l'autre, son orgueil d'être fille de Mars
La conduit à lancer la promesse insensée
D'exterminer des Grecs la redoutable armée,
Et, ce que nul mortel n'eût jamais espéré,
De montrer sous ses coups Achille renversé;
Faible enfant qui ne sait à quel rude adversaire
Son imprudente audace allait avoir affaire !

Andromaque l'entend, et tout bas dans son cœur :
« Jeune présomptueuse, ah ! quelle est ton erreur!
» Tu prétends terrasser ce héros invincible
» Dont le cœur est si fier et le bras si terrible.
» Déjà je vois d'ici s'attacher à tes pas
» L'inévitable Parque et le fatal Trépas.
» Tu jures d'accomplir, oh! projet téméraire!
» Ce que lui-même, hélas! mon Hector n'a pu faire,
» Hector, l'espoir, l'orgueil de ses concitoyens,
» Hector que comme un dieu vénéraient les Troyens.
» Lui, dont tu ne saurais égaler la vaillance,
» Il est tombé pourtant sous la fatale lance.
» Oh ! que ne suis-je morte en ce jour odieux
» Où du haut des remparts mes yeux , mes tristes yeux
» Ont vu le char sanglant de ce cruel Achille
» Traîner le corps d'Hector sous les murs de la ville!
» Coup fatal qui, brisant mes premières amours,
» De douleur et d'effroi remplira tous mes jours. »

Cependant les Troyens avides de batailles
A pas précipités sortent de leurs murailles;
Leur course impétueuse, avant la fin du jour,
Pour un bon nombre, hélas ! n'aura point de retour.
Mais bien loin devant eux déjà Penthésilée
Se jette avec fureur dans l'ardente mêlée;
Le carnage l'enivre, et sous ses coups pesants

En foule on voit tomber les plus fiers combattants.
Ainsi sur les chasseurs qui cernent sa tanière
S'élance en bondissant une agile panthère;
Sa queue à coups pressés bat ses robustes flancs,
Et ses yeux enflammés lancent des feux sanglants.
C'est ainsi qu'apparait la guerrière terrible.
Mais la Parque la suit, menaçante, invisible,
Et, lui laissant encore accomplir ces exploits
Qui ne la doivent point dérober à ses lois,
La cruelle sait trop qu'au milieu de sa gloire
Elle va payer cher sa dernière victoire.

Au tombeau de Patrocle, objet de ses douleurs,
Achille loin de là versait encor des pleurs,
Quand des cris de douleur et des cris d'épouvante
Annoncent tout à coup une lutte sanglante.
Il se lève, il regarde et voit de toutes parts
En désordre s'enfuir des bataillons épars.
Il ne sait aux Troyens d'où revient tant d'audace.
A la hâte il reprend son casque et sa cuirasse,
Saisit son bouclier et court, la lance en main,
Rouvrir à la victoire un glorieux chemin.
Il se montre, il combat, et de sa main puissante
Refoule des Troyens la troupe triomphante ;
Sous ses terribles coups les rangs les plus serrés
Sont, malgré leurs efforts, ouverts et renversés,
Quand soudain du milieu de l'épaisse mêlée
Au devant du héros bondit Penthésilée
Qui, l'insulte à la bouche et le front menaçant :
« Toi qui de tous les Grecs te dis le plus vaillant,
» Approche et viens sentir quelle vigueur bouillonne
» Dans le cœur généreux de la fière amazone;
» Approche et viens juger sous le poids de ces dards
» Si le fils de Thétis vaut la fille de Mars. »

Elle dit, et sa main aux combats exercée
Lance au héros un dard à la pointe acérée
Qui se brise en éclats sur le solide airain
Du divin bouclier qu'a fabriqué Vulcain.
« Malheureuse, répond l'impétueux Achille,
» Tu vois ce qu'en ta main vaut cette arme inutile;
» Laisse aux hommes le fer et reprends tes fuseaux :
» Des guerriers comme toi ce sont là les travaux. »
En achevant ces mots, sa main trop assurée
D'un coup, hélas! mortel frappe Penthésilée.
Un nuage s'étend sur ses yeux, et soudain
Sa hache trop pesante échappe de sa main.
Son beau corps tout sanglant roule dans la poussière,
Mais la pudeur préside à son heure dernière
Et la défend encor des regards curieux.
Achille, en soulevant le casque radieux
Qui dans les champs de Mars protégeait son visage,
Achille sent soudain défaillir son courage;
Il contemple ces traits si fiers et si charmants
Qui plaisent même encore en ces cruels moments,
Et ce corps où la grâce à la force est unie.
Hélas! que n'a-t-il pu dans sa fertile Phthie
Conduire et faire asseoir aux foyers paternels
Cette épouse en tout point digne des immortels!
Il gémit, il maudit sa fatale victoire.
Ce meurtre d'une femme outrageant pour sa gloire,
De Patrocle au tombeau ravivant la douleur,
Par de nouveaux regrets lui déchire le cœur.

A Priam réclamant le corps de cette belle
Achille a fait porter sa dépouille mortelle.
Les Troyens affligés, les Troyennes en pleurs
Lui rendent à l'envi les funèbres honneurs.
En hommage pour Mars, pour sa vaillante fille,

Un grand bûcher s'élève au milieu de la ville ;
Quand la flamme y pétille et monte en tourbillons,
Mille pieuses mains y jettent tous les dons
Dignes d'une héroïne et dignes d'une reine.
Quand les feux sont éteints et que l'on peut sans peine
Reconnaître les os à demi consumés,
De parfums précieux quand ils sont arrosés,
Ils sont tous recueillis dans une urne sacrée ;
Avec un saint respect cette urne est déposée
Au sein du monument du vieux Laomédon,
Et de Penthésilée on y grave le nom.

Celles qui sous le fer près d'elle sont tombées
Autour de son tombeau en ordre sont placées,
Car, en rendant les corps des ennemis vaincus,
Les Grecs n'ont que pitié pour ceux qui ne sont plus.

CÉPHALE ET PROCRIS.

IMITATION D'OVIDE, *Métamorphoses*, livre VII (1).

Dans ces jeux solennels que célébrait la Grèce,
Où cent rivaux luttaient ou de force ou d'adresse,
Androgée, un héros de Minos digne fils,
Avait su conquérir les plus glorieux prix;
Mais il avait bientôt payé cher sa victoire;
Quelques Athéniens offusqués de sa gloire
Et d'un si beau succès indignement jaloux
L'avaient traitreusement fait tomber sous leurs coups.
Justement courroucé de cette horrible offense,
Le puissant roi de Crète arme pour sa vengeance
Ses guerriers et tous ceux qu'il s'est associés.
Athènes à son tour cherche des alliés,
Et s'adresse d'abord à cette ile voisine
A laquelle Æacus donna le nom d'Égine.
Par Athènes Céphale envoyé près de lui
Réclame en sa faveur son généreux appui.
Æacus avec joie accède à sa demande;
A ses fils Télamon et Pélée il commande

(1) J'ai beaucoup abrégé tout ce qui, dans Ovide, précède l'entrée en action de Céphale; j'ai supprimé les longs détails sur la peste d'Égine et sur la métamorphose du chien Lælaps, détails qui entraient dans le plan général d'Ovide, mais qui ne se rapportaient qu'indirectement à l'épisode de Céphale et Procris, que seul ici j'avais en vue.

D'aller de toutes parts rassembler ses soldats.
Phocus trop jeune encor pour diriger leurs pas,
Phocus, son dernier fils, va faire pour Céphale
Ouvrir avec honneur la demeure royale.
Dans la main du héros le jeune homme surpris
Remarque un javelot qui parait d'un grand prix;
Son bois est inconnu, d'or sa pointe est formée.
« A la chasse, dit-il, ma jeunesse exercée
» Sait distinguer entre eux le produit de nos bois,
» Mais aucun ne ressemble à celui que je vois;
» Du frêne la couleur serait bien plus foncée,
» La tige du cormier de nœuds serait semée,
» Mais je n'ai jamais vu de javelot si beau. »
— « C'est pour vous de surprise un sujet tout nouveau,
» Dit Céphale; mais quand vous en saurez l'usage,
» Vous allez l'admirer encor bien davantage.
» Ce dard soustrait aux lois du hasard impuissant
» Frappe toujours le but, et revient tout sanglant. »
— «Oh! grands dieux, dit Phocus, quelle étrange puissance!
» Je l'avoue, avec peine on y donne croyance;
» Qui donc a pu vous faire un don si précieux? »
Céphale lui répond les larmes dans les yeux :
« Ce dard, qui le croirait? ce dard que l'on m'envie,
C'est lui qui fait toujours le tourment de ma vie;
C'est lui, si le destin prolonge mes douleurs,
Qui jusques à la fin fera couler mes pleurs.
Vous connaissez de nom cette belle Orithye
Que Borée emporta jusque dans la Scythie;
Procris que j'adorais d'Orithye était sœur,
Procris plus digne encor des vœux d'un ravisseur.
Quand des augustes mains de son père Érechthée,
Pour l'unir à mon sort Procris me fut donnée,
Elle-même m'offrit ce javelot fatal
Dont Diane honora son respect filial.

13

Oh! comment rappeler ces premières années
Où s'écoulaient en paix nos heures fortunées,
Où d'une heureuse épouse époux non moins heureux,
Notre amour mutuel répondait à nos vœux ?
Cependant chaque jour, sitôt que la lumière
De nos sombres forêts dorait la cime altière,
Je partais pour la chasse, et, sans nombreux valets,
Sans chiens au nez subtil, sans chevaux, sans filets,
Mon dard me suffisait ; mais quand, las de carnage,
Je cherchais le repos sous quelque épais ombrage,
Souvent, je m'en souviens, j'appelais par son nom
La brise qu'exhalait la fraîcheur du vallon :
Aura, disais-je, oh ! viens, Aura, je t'en conjure,
Toi seule peux calmer le tourment que j'endure.
Trompé par cet appel, un passant indiscret
Le prend pour le témoin de quelque amour secret,
Et croit que quelque nymphe a déjà su me plaire.
Fatal révélateur d'un crime imaginaire,
Il vient à ma Procris tout bas le murmurer.
L'amour croit aisément ce qu'il peut redouter ;
A ce triste récit, tombant évanouie,
Procris reste longtemps sans couleur et sans vie,
Puis, sa douleur profonde éclatant en transports,
Elle maudit ce nom qui n'eut jamais de corps ;
Elle croit dans mon cœur avoir une rivale ;
Contre elle, contre moi sa colère s'exhale ;
Elle se plaint aux dieux de mon manque de foi,
Elle accuse du sort l'impitoyable loi.
Elle doute pourtant ; souvent l'infortunée
Espère au fond du cœur avoir été trompée,
Et repousse bien loin ce rapport odieux.
Elle veut désormais n'en croire que ses yeux,
Et ne se confier qu'à des preuves réelles
Avant de m'imputer des amours criminelles.

Le lendemain, l'aurore avait chassé la nuit ;
Je pars ; dans la forêt je m'enfonce sans bruit ;
Bientôt, heureux vainqueur de maint monstre superbe,
Je cherche le repos, je me couche sur l'herbe,
Et je m'écrie : Aura, viens calmer mon tourment.
Soudain je crois entendre un sourd gémissement ;
Pourtant, sans y songer, de nouveau je m'écrie :
Oh ! viens, ma chère Aura, viens, mon aimable amie !
A l'instant, du buisson le feuillage a tremblé ;
J'y crois, d'après ce bruit, un animal caché,
Et je lance ce dard à son but trop fidèle.
Un cri part : c'est Procris ; je m'élance vers elle,
Je la trouve essayant d'arracher de son sein
Ce dard, ce dard fatal que m'a donné sa main.
Je la prends dans mes bras, et d'une main peu sûre
Je tente de bander sa cruelle blessure ;
Je déchire en lambeaux ses pudiques habits ;
Pour arrêter le sang j'en redouble les plis.
O Procris, m'écriais-je, ô ma femme chérie,
Ah ! vis encor pour moi ; ah ! vis, je t'en supplie,
Et ne me laisse pas coupable de ta mort.
L'infortunée, hélas ! par un dernier effort
Rappelant un moment sa force défaillante,
M'adresse encor ces mots d'une voix suppliante :
Oh ! par l'hymen sacré qui forma nos liens,
Par le ciel, par ces dieux qui vont être les miens (1),
Cher époux, si, toujours fidèle à ma promesse,
J'ai pu par mon amour mériter ta tendresse,
Au nom de cet amour qui cause mon trépas,
Et que même aujourd'hui la mort n'efface pas,
Ne permets pas qu'Aura, ma funeste rivale,
Vienne occuper jamais ma couche nuptiale.

(1) Les dieux infernaux.

A ces mots d'un vain nom je reconnais l'erreur.
Sur ce point si cruel je rassure son cœur ;
Mais à quoi sert, hélas ! dans ce moment funeste ?
De sa vie et son sang s'échappe ce qui reste.
Mais, sûre désormais de ma fidélité,
Elle voit sans effroi ce moment redouté ;
Avec un front plus calme, avec un doux sourire,
Les yeux fixés sur moi, lentement elle expire. »

Ainsi parle Céphale, et la voix du héros,
A la fin du récit, s'éteint dans les sanglots.

L'AIGLE ET LE RENARD.

—

IMITATION D'UNE FABLE DE PHÈDRE.

———

L'aigle avait enlevé de petits renardeaux,
  Afin d'en faire la pâture
De messieurs ses aiglons, friands de bons morceaux.
« Princesse des oiseaux, oh ! je vous en conjure
  (S'écriait la renarde en pleurs),
   » Ayez pitié de ma misère !
   » Au cœur d'une sensible mère
  » N'infligez point de pareilles douleurs ! »
Mais l'aigle en sûreté sur le haut de son aire
  Riait de ses vaines clameurs.
La renarde a recours alors aux dieux vengeurs :
Sur un autel rustique, au milieu de la plaine,
  Brûlaient encor quelques tisons ;
  Elle les prend, et tout autour du chêne
  Sème le feu dans les buissons,
Sacrifiant ainsi ses propres nourrissons
Pour atteindre à la fois ceux de son ennemie ;
  Mais à son tour tremblante pour la vie

De ses nobles et chers enfants,
L'aigle rend au renard les siens encor vivants.

N'outragez point le faible, ou craignez votre perte,
Si haut que vous soyez placé,
Car la vengeance au faible est aisément ouverte
Quand il est adroit et rusé.

TRADUCTION LIBRE (1)

DE L'ODE III DU PREMIER LIVRE D'HORACE:

Sic te diva potens Cypri.

Vaisseau qui portes vers la Grèce
Virgile, cet ami qu'accompagnent mes vœux,
   Puissent sur toi veiller du haut des cieux
   Et de Cyprus la puissante déesse
Et les frères d'Hélène, astres si radieux !
Puisse Éole des vents enchaîner la furie,
Et ne laisser souffler que celui d'Apulie,
   Pour diriger ton cours heureux.
   Oh ! rends intact, je t'en supplie,
   Le dépôt qui t'est confié ;
   Garde-moi cette âme chérie
   Qui de mon âme est la moitié.

Sur un frêle radeau, le premier dont l'audace
Aux fureurs de la mer confia son destin

---

(1) Dans mes divers essais de traduction, soit des odes d'Horace, soit de quelques hymnes sacrées, je n'ai point tenté de disposer mes vers en strophes régulières, formes qui ne répondraient toujours que bien imparfaitement aux formes latines, et qui augmenteraient singulièrement les difficultés. J'ai pensé qu'il valait mieux chercher à reproduire surtout la pensée et l'expression ; et d'ailleurs Horace lui-même a dit :

   Nec verbum verbo curatis reddere fidus
   Interpres.

Je n'avais du reste sous les yeux aucune des traductions de ce poëte.

Avait le cœur muni d'une cuirasse
     De chêne dur, de triple airain.
Il n'a point redouté les Hyades pluvieuses,
     Ni les luttes impétueuses
     De l'Aquilon, de l'Africus ;
Il n'a point redouté la rage du Notus
Qui, sur l'Adriatique exerçant sa puissance,
Mieux que tout autre ordonne à son obéissance
De calmer ces grands flots qu'il a lui-même émus.
Celui qui d'un œil sec a vu des mers profondes
Les hôtes monstrueux autour de lui nager,
Quel genre de trépas a-t-il pu redouter,
Lui qui de plus a vu leurs menaçantes ondes
     En montagnes se soulever,
Et, de l'Épire enfin affrontant les rivages,
A contemplé ces rocs fameux par cent naufrages,
Ces rocs que si souvent la foudre vient frapper ?

     C'est vainement qu'un Dieu, dans sa prudence,
          Entre les différents pays
          A jeté l'océan immense
          Qui les empêche d'être unis,
          Si pourtant ces vaisseaux rapides
          Que l'impie a su fabriquer
          Franchissent ces plaines liquides
          Qu'ils ne devaient jamais toucher.
     Le genre humain, que son audace excite
     A tout souffrir pour ce qu'il entreprend,
          Avec ardeur se précipite
          A travers tout ce qu'on défend.
          Depuis qu'aux demeures célestes
Du fils du vieux Japet le criminel larcin
          A dérobé le feu divin,
          De maigreur, de fièvres funestes

Sur la terre est venu fondre un nouvel essaim.
   De notre dernière journée
Le terme était jadis assez lent à venir,
   Mais d'une course plus hâtée
   Depuis lors s'est précipitée
   La nécessité de mourir.
En vain le ciel à l'homme a refusé des ailes :
Dédale, avec ce fils à son amour si cher,
   S'est frayé des routes nouvelles
   A travers le vide de l'air;
Et parmi les travaux de sa longue carrière,
   Sans les ordres de Jupiter,
Hercule de l'enfer a forcé la barrière.

Rien n'arrête jamais nos efforts insensés ;
Nous osons follement attaquer le ciel même,
Et nous ne laissons pas au monarque suprême
Le temps de déposer ses foudres irrités.

TRADUCTION LIBRE

DE L'ODE XIII DU PREMIER LIVRE D'HORACE :

Pastor quum traheret per freta navibus.

———

Lorsque sur des vaisseaux enfants du mont Ida
Un berger séducteur sur les flots entraîna
Hélène, son hôtesse, à son époux ravie,
Des vents le vieux Nérée enchaîna les fureurs
Pour prédire déjà ce qu'à sa perfidie
     Réservaient les destins vengeurs.

    C'est sous de funestes auspices
    Que tu conduis dans ta maison
    Celle de qui tes artifices
    Ont allumé la passion ;
   Celle qu'avec une innombrable armée
Va te redemander la Grèce conjurée
Pour briser à la fois ta coupable union
    Et les vieux remparts d'Ilion.

    Combien, dans l'une et l'autre armée,
Et guerriers et coursiers vont verser de sueurs !
   A ta patrie infortunée
Combien tu vas, hélas ! susciter de malheurs !
Déjà, déjà Pallas prépare son égide,

Et son casque, et son char rapide,
Et ses belliqueuses fureurs.

Trop fier du vain appui promis par Cythérée
Tu peigneras tes blonds cheveux,
Et sur ta lyre efféminée
Varieras ces airs langoureux
Que les femmes surtout trouvent délicieux.

Vainement dans ta couche, auprès de ton amante,
Tu croiras fuir les coups de la lance pesante,
Et les traits aigus du Crétois,
Et cet Ajax dont l'ardente poursuite
N'a laissé jamais une fois
Échapper le guerrier en fuite.

Tu tomberas aussi, quoique trop tard, hélas!
Et ta chevelure adultère
Que souilleront le sang et la poussière
Au dégoût n'échappera pas.

Ne vois-tu pas venir le fils du vieux Laërte,
Cet Ulysse né pour la perte
De tous les malheureux Troyens,
Et Nestor, sage roi des braves Pyliens?
Pour concourir à ta ruine,
Avec ardeur se pressent sur tes pas
Teucer qu'enfanta Salamine,
Sthénélus, ce héros savant dans les combats
Et dans l'art de guider un char dans la carrière;
Mérion, tout noir de poussière,
Et Diomède enfin enflammé de fureur,
Diomède déjà plus vaillant que son père,
Et qui te cherche avec ardeur.

De même que le cerf, au bout de la vallée
Apercevant un loup , le fléau du canton ,
    D'une course précipitée
    Fuit, en oubliant le gazon ,
    De même, dès que dans la plaine .
De l'aspect du héros tes yeux seront surpris ,
Tu fuiras lâchement , en respirant à peine:
    Est-ce donc ce qu'à ton Hélène
    Ton vain orgueil avait promis ?

D'Achille courroucé la colère obstinée
Retardera longtemps la fatale journée
    Qui d'Ilion sera le dernier jour ;
Mais enfin il viendra ; la ville infortunée
    Par la main des Grecs embrasée
    Sera détruite, et sans retour.

TRADUCTION LIBRE

DE L'ODE XIX DU PREMIER LIVRE D'HORACE :

Integer vitæ scelerisque purus.

———

A Fuscus.

Fuscus, lorsque la vie a toujours été pure,
Et quand elle a du crime évité la souillure,
Il n'est besoin des dards des Maures indomptés,
Ni du carquois chargé de traits empoisonnés,
Soit qu'on brave la Syrte où bouillonnent les sables,
      Ou les défilés redoutables
      Du Caucase inhospitalier,
    Soit qu'on parcoure, au bout du monde entier,
Les rives de l'Hydaspe, objet de tant de fables.

      Un jour que, libre de tout soin,
      J'errais dans la forêt sabine,
      Que de la limite voisine
Par d'incertains sentiers j'étais même assez loin,
      Soudain à mes yeux se présente
      Un loup affreux, gueule béante ;
    J'étais sans arme, et pourtant il s'enfuit.
Jamais monstre pareil pourtant ne fut produit
      Ni par la guerrière Daunée,

Au sein de ses vastes forêts,
Ni par cette aride contrée
Nourrice toujours altérée
Des lions, de Juba redoutables sujets.

Porte-moi, si tu veux, dans ces froides contrées
Où par le souffle de l'été
De tout temps inconnu de ces plages glacées
L'arbre n'est jamais réchauffé,
Où de tout le poids des nuages,
Grossis encor par les orages,
Pèse Jupiter courroucé ;
Ou bien transporte-moi dans ces plaines brûlantes
Que le char du soleil de trop près vient chauffer,
Et qui même aux tribus errantes
Refusent un abri que l'on puisse habiter.
O vertu, c'est toujours toi seule
Qui feras ma sécurité,
O vertu, c'est toujours toi seule
Qui feras ma félicité.

TRADUCTION LIBRE

DE L'ODE XXXI DU PREMIER LIVRE D'HORACE :

Nunc est bibendum.

Mort de Cléopâtre.

C'est maintenant, amis, qu'il faut boire à plein verre ,
Et qu'il faut librement du pied frapper la terre ;
C'est maintenant qu'il faut de mets délicieux
Charger pieusement les tables de nos dieux.
Nous ne pouvions tirer des caves paternelles
Le vieux cécube offert aux fêtes solennelles
 Tant qu'au milieu de son troupeau honteux
  D'hommes souillés de maux hideux,
Ivre de sa fortune, une reine en démence,
Ne mettant point de borne à sa vaste espérance,
  Et disposée à tout tenter,
  Croyait, dans son brûlant délire,
 Voir sous ses coups s'écrouler notre empire
  Et le capitole tomber.

  Mais quand de sa flotte brûlante
Elle vit avec peine échapper un vaisseau ,
Du vin maréotis quand la vapeur ardente
  Cessa de troubler son cerveau ,

Alors ses fureurs se calmèrent,
Alors avec raison ses terreurs redoublèrent
Quand elle vit, loin de nos bords,
César voler à sa poursuite,
Et, pour l'atteindre dans sa fuite,
De ses rameurs redoubler les efforts :
Comme on voit l'épervier rapide
De la colombe au cœur timide
Poursuivre le vol effaré,
Ou, dans les champs de l'Æmonie,
L'ardent chasseur sur la neige durcie
Suivre le lièvre épouvanté.

Il destinait des fers à ce monstre funeste
Qui, dans les bras du 'll caché,
Ne chercha point pourtant à ren ver le reste
De son pouvoir avec elle tombé.
D'une âme généreuse et bien déterminée
Du moins à noblement périr,
Personne ne la vit pâlir
Comme une femme à l'aspect d'une épée.
Elle osa parcourir avec un front serein
Ce palais qui dès lors partageait son destin ;
Elle osa de ses mains exciter la colère
De ces affreux serpents qui devaient tout entière
La pénétrer de leur venin.
Bien sûre des moyens de terminer sa vie,
Par là plus fière encore, elle envia l'honneur
A nos vaisseaux de Liburnie
De l'emmener captive aux pieds de l'empereur,
Et, comme une simple mortelle,
Elle fille des rois, elle encore si belle,
De l'enchaîner au char de son vainqueur.

TRADUCTION LIBRE

DE L'ODE XIII DU DEUXIÈME LIVRE D'HORACE :

Otium divos rogat in patenti prensus Ægæo.

———

A Grosphus.

Surpris sur cette mer qui prit le nom d'Égée,
Le voyageur aux dieux demande le repos,
Par un nuage noir quand la lune est cachée,
Que les astres par qui leur course est assurée
    Ne brillent plus aux yeux des matelots.

C'est le repos que veut la Thrace furieuse,
    Le Mède au brillant baudrier (1),
Ce repos, cher Grosphus, difficile à trouver,
    Que ni la pierre précieuse,
Ni la pourpre, ni l'or ne peuvent acheter.

    Ni les trésors, ni le licteur,
Qui du consul annonce l'arrivée,
    Ne peuvent défendre l'entrée
    Aux tristes tumultes du cœur ;

(1) Au lieu du carquois, qui ne pouvait aller dans le vers, j'ai mis
le baudrier qui servait à le suspendre.

14

Ils ne peuvent chasser de la voûte dorée
 La troupe de ces noirs soucis
 Qui sans relâche est obstinée
 A voltiger sous ses lambris.

 Il vit heureux de son modeste état
Celui qui, sur sa table où nul luxe ne brille,
 Voit la salière de famille
 Seule paraître avec éclat.
 Jamais la crainte au front livide
 N'assiége son calme réveil ;
 Jamais l'avarice sordide
 Ne trouble son léger sommeil.

Pourquoi si fort, si loin élancer nos pensées,
 Nous qui ne vivons qu'un instant ?
Pourquoi chercher au loin des terres échauffées
 Par un soleil plus éclatant ?
 Ce doux repos que l'on envie,
 Ailleurs pourquoi l'aller chercher ?
 Qui peut, en fuyant sa patrie,
 Qui peut à soi-même échapper ?

Le chagrin, fils du mal, sur la plaine liquide
 Suit le navire au bec d'airain ;
Il n'abandonne point dans sa course rapide
 L'escadron qui galope en vain ;
Il devance le cerf, même le vent d'orage
 Chassant devant lui le nuage
 Qui porte la foudre en son sein.

Satisfait du présent, que l'esprit se préserve
 De rechercher ce que réserve
 Un avenir encor douteux ;

Qu'il tempère par un sourire
Ce qu'il trouve d'amer dans un jour douloureux,
Sachant que quiconque respire
Ne peut être jamais complétement heureux.

La mort a de bonne heure enlevé cet Achille,
Le fameux vainqueur d'Ilion ;
La vieillesse la plus débile
A longuement miné Tithon.
Ce que l'inconstante fortune
Quelque jour t'aura refusé,
Peut-être, en une heure opportune,
A mon tour me sera donné.

De belles vaches de Sicile
Mugissent dans tes cent troupeaux ;
Propre à traîner un char, une cavale agile
Souffle le feu de ses naseaux ;
Et les plus fins tissus de laine,
Plongés deux fois dans la pourpre africaine,
Forment tes somptueux manteaux.

La Parque, à mon égard fidèle à sa promesse,
Ne m'a donné, dans sa largesse,
Que des champs dont bien vite on aperçoit la fin ;
Mais d'elle j'ai reçu, je l'en bénis sans cesse,
Le souffle délicat des Muses de la Grèce
Et le mépris du vulgaire malin.

———

Nous croyons Jupiter roi souverain des cieux
  Quand il fait gronder son tonnerre ;
  Auguste aussi parmi les dieux
  Sera réputé sur la terre
A l'empire romain pour avoir ajouté
Et le Breton farouche et le Perse indompté.
Nos revers d'autrefois, c'est lui qui les répare :
Le soldat de Crassus d'une femme barbare
Avait pu lâchement devenir le mari ;
Sans respect du sénat et de nos mœurs antiques,
Il avait, au milieu de fêtes impudiques,
Accepté pour beau-père un soldat ennemi,
Et sous ce toit hostile honteusement vieilli.
Le Marse, le guerrier enfant de l'Apulie
A pu sous un roi mède oublier sa patrie,
Le feu brûlant toujours sur l'autel de Vesta,
Les anciles de Mars, que le ciel envoya,
Son nom même, sa toge insigne de son rôle ;
Et Rome était debout avec le Capitole !

C'est là ce que voulait de bien loin prévenir
Ce prudent Régulus dont l'âme généreuse

Repoussait hautement une trêve honteuse,
    Fatal exemple à l'avenir,
    Si la jeunesse prisonnière
Ne devait pas vieillir sur la terre étrangère,
    Et sans pitié n'y devait pas périr.

J'ai vu, dit-il, suspendre aux temples de Carthage
Nos armes, nos drapeaux enlevés sans carnage;
Le dos libre autrefois de nos jeunes soldats
A senti, je l'ai vu, tordre et lier leurs bras;
    J'ai vu Carthage ouvrir ses portes
Et cultiver ces champs que pillaient nos cohortes.
Par l'or quand vous aurez racheté le soldat,
    En ajoutant la perte à l'infamie,
D'un cœur plus généreux ira-t-il au combat?
La laine qu'une fois le fard aura rougie
Ne reviendra jamais à son premier état.
Quand du courage vrai la chute est accomplie,
Il ne ranime plus un cœur où rien ne bat.
Aux filets du chasseur si la biche échappée
Ose lutter encor, comme il sera vaillant
Celui qui confia sa triste destinée
Au perfide ennemi, son maître maintenant !
Dans de nouveaux combats pour écraser Carthage,
    Comment compter sur le courage
De celui qui, craignant lâchement le trépas,
A d'indignes liens senti charger ses bras !
    Ne sachant plus comment sauver sa vie,
Il a mêlé la guerre et la paix. Oh douleur!
Faut-il donc voir, Carthage, élever ta grandeur
    Sur l'opprobre de l'Italie!

On dit que, se croyant privé de tous les droits
Que venait lui ravir la fortune jalouse,

Sans répondre aux baisers de sa pudique épouse,
De ses tendres enfants sans écouter la voix,
Il les repoussa tous; et son mâle visage
Resta longtemps baissé sans trahir son courage,
Jusqu'à ce qu'un avis, nouveau jusqu'à présent,
Raffermit par sa voix le sénat chancelant,
Et que de ses amis la troupe consternée
Vit ce noble exilé sortir de l'assemblée.
Il savait bien pourtant quel supplice nouveau
Déjà lui préparait un barbare bourreau;
Mais, malgré tous les siens, il traversa la ville
D'un air aussi serein, d'un pas aussi tranquille
Que si, de ses clients après les longs débats,
Quitte de leurs procès, il eût porté ses pas
Vers ces champs où toujours l'olive verdoyante
A Venafre fournit sa liqueur bienfaisante,
Ou bien ceux où Tarente offre aux regards charmés
Ses superbes remparts que Phalante a fondés.

TRADUCTION LIBRE

DE L'ODE VI DU QUATRIÈME LIVRE D'HORACE :

Diffugere nives.

A Manlius Torquatus.

Plus de neige ; les champs ont repris leur verdure
    Et les arbres leur chevelure ;
A son nouvel aspect la campagne sourit ;
Les fleuves décroissants descendent dans leur lit ;
Les Grâces et leurs sœurs, qu'anime la cadence,
Osent sans vêtements se livrer à la danse.
Le cercle des saisons, cette heure qui s'enfuit,
Et t'enlève du jour la douce jouissance,
    Tout, cher ami, tout t'avertit
De l'immortalité d'abjurer l'espérance.
Au souffle du zéphyr, vois, l'hiver s'adoucit ;
Le printemps quittera sa brillante couronne
    Sitôt que l'été va venir,
    L'été qui doit bientôt finir,
Lorsque nous recevrons les trésors de Pomone ;
Puis de nouveau l'hiver viendra nous engourdir.
Phébé sait revenir à sa splendeur première
Et reprendre bientôt les traits qu'elle a perdus ;
Mais nous, quand nous serons descendus sous la terre,
Lit du pieux Énée et du riche Tullus,

Nous, hélas ! nous ne serons plus
A tout jamais qu'ombre et poussière.
Qui peut compter d'un jour entier
D'avoir devant lui l'assurance ?
Profite de ton bien ; c'est autant par avance
Que tu soustrais aux mains d'un avide héritier.
Quand tu ne seras plus, quand le juge suprême
Aura rendu pour toi son arrêt glorieux,
Ni ta longue suite d'aïeux,
Ni tes brillants discours, ni ta piété même
Ne te pourront ramener dans ces lieux.
Diane laisse encor dans la nuit infernale
Hippolyte, héros si chaste et si chéri,
Et du poids accablant de sa chaine fatale
Pirithoüs n'est point par Thésée affranchi.

UNE CHASSE DE DIANE (1).

De l'immense forêt qui couvre l'Étolie
    Les plus déterminés chasseurs
N'étaient jamais allés, dans leur course hardie,
    Sonder toutes les profondeurs.
    Ses chênes, vieux comme la terre,
    Du déluge avaient bu les eaux;
    Au-dessus du sein de leur mère
    Entrelaçant leurs noirs rameaux,
    Ils formaient une épaisse voûte
    Que rien ne pouvait traverser,
Et que Phébus lui-même, au milieu de sa route,
    De ses traits ne pouvait percer.
    Du pied d'une roche escarpée
Une source abondante aux nymphes consacrée
Sur un lit de cailloux roulait en écumant,
    Puis, après mille sauts rapides,
    Réunissait ses eaux limpides
En un vaste bassin offrant un bain charmant.
Bien souvent, au retour d'une chasse lointaine,
    Dans le cristal de la fontaine
    Avec bonheur Diane se plongeait,

(1) Imitation d'une fable de Fénelon qui a placé la scène dans le pays des Celtes, où on n'est guère accoutumé à voir figurer Diane. On a ici préféré l'Étolie, connue par la chasse du sanglier de Calydon.

Et la naïade de la source,
Du plaisir qu'elle lui donnait
En la délassant de sa course,
Dans sa grotte s'applaudissait.

Mais près de là, sous la voûte épineuse
D'un inextricable hallier,
Vivait un affreux sanglier,
Vautré le plus souvent dans sa bauge fangeuse.
Son poil dur et toujours souillé
Sur son dos était hérissé
Comme les piques d'une armée;
Sa gueule béante, enflammée,
Laissait échapper un sang noir
Auquel l'écume était mêlée;
Ses yeux, encor plus effrayants à voir,
Étincelaient de lueurs menaçantes;
Ses longues dents étaient tranchantes
Comme ces glaives recourbés
Dont les Perses étaient armés.
Pour mieux aiguiser ses défenses
Et porter désormais des coups encor plus sûrs,
Des arbres même les plus durs
Il sillonnait les troncs immenses.
L'air d'alentour bien loin retentissait
Du bruit de son souffle terrible
Quand d'un élan irrésistible
Comme la foudre il s'élançait.
Sous ses pieds les moissons dorées
Étaient indignement foulées;
Les jardins, les vergers avaient le même sort;
Et, laissant leurs troupeaux errer au pâturage,
Le bergers effrayés s'enfuyaient au village
Pour se dérober à la mort.

Cependant, au milieu des nymphes de sa suite,
  Que de la tête elle passait,
Diane vint un jour se mettre à la poursuite
Du féroce animal devant qui tout tremblait.
   La jeune et brillante déesse
   N'avait rien de cette mollesse
   Qui marque un corps efféminé ;
   Sa fière et pudique beauté
   Réunissait à la souplesse
   La vigueur et l'agilité.
Sa belle chevelure en un nœud rassemblée
  D'un diadème était ornée;
Un croissant y brillait de feux étincelants.
   Une longue écharpe azurée
Maintenait sa tunique à deux fois relevée,
   Et, comprimant ses plis flottants,
   Laissait à sa course légère
   Effleurant à peine la terre
   Dans leur vol devancer les vents (1).

Au-devant du péril la voilà qui s'avance ;
Sur elle à son aspect le sanglier s'élance,
  Mais l'arc d'argent aussitôt retentit,
   Le trait part, la corde en frémit,
   Et fidèle à l'œil qui la guide
   La flèche dans son vol rapide
   Frappe l'animal redouté
   A l'endroit où la peau moins dure
   A la pénétrante blessure
   Offre un chemin plus assuré.
Du monstre qui se roule encor dans la poussière

---

(1) Voir la statue antique de la Diane dite de Gabias, du nom de la ville d'Italie où elle a été trouvée.

Des nymphes la troupe guerrière
N'approche pourtant qu'en tremblant ;
Mais Diane que rien n'arrête
Sur le dos de l'horrible bête
Vient poser un pied triomphant,
Et de la profonde blessure
Sa main aussi ferme que sûre
Arrache le trait tout sanglant ;
Puis dans les flots d'une onde pure,
Pour se laver de la souillure
Du sang qui sur elle a jailli,
Elle se plonge tout entière,
Puis s'éloigne sans être fière
De l'exploit par elle accompli,
Mais en s'applaudissant dans son âme charmée
D'avoir délivré la contrée
De ce formidable ennemi.

DAMÉTAS ET MILON.

Imitation d'une idylle de Gessner.

DAMÉTAS, *vieux berger.*

Milon, vois-tu là-bas ton bélier se plonger
　　Dans ce marais aux eaux bourbeuses,
　Et, pour brouter ses herbes limoneuses,
　　Vois-tu tes brebis l'imiter?
　　Courons, courons les en chasser.

MILON, *jeune berger.*

　　Sortez donc, animaux stupides!
　Tandis qu'ici, près de ces eaux limpides,
La lavande, le thym et le trèfle incarnat
　　Flattent le goût et l'odorat,
　　Vous allez, ô race insensée,
Race indigne des soins que je vous prodiguais,
　　A la grenouille épouvantée
Disputer les roseaux de son infect marais!

DAMÉTAS.

Enfin ils sont sortis! comme les voilà faits!
　　Ah! désormais ici demeure,
　　Troupeau, l'honneur de ce canton,
　　Toi de qui la fine toison

Était si blanche tout à l'heure.
Mais l'homme a-t-il le droit de blâmer l'animal,
Et lui-même est-il bien plus sage
Quand, sourd à la raison qu'il reçut en partage,
Il délaisse le bien et court après le mal ?

MILON.

Dis-moi donc, Damétas, au pied de ce vieil arbre ,
Parmi des joncs et des roseaux,
Ne vois-je pas des fûts de colonnes de marbre
Et des fragments de chapiteaux ?
Vois-tu cette arcade écroulée
Qui de tous ses joints entr'ouverts
Laisse échapper l'épine et la ronce obstinée,
Et le lierre tenace avec ses rameaux verts?
Dis-moi, sage vieillard, ce monument antique,
Qui jadis dut être si beau,
Ou temple, ou palais, ou portique,
Quel était-il donc ?

DAMÉTAS.

Un tombeau.

MILON.

En effet, j'aperçois une urne fracassée
Dans la fange à demi plongée.
Mais sur tous ces débris épars
Quels horribles tableaux vois-je de toutes parts!
Des guerriers ivres de carnage,
Des coursiers partageant leur rage
Et foulant sous leurs pieds sanglants
Des malheureux l'un sur l'autre expirants.
Celui qui fit charger ses dépouilles mortelles

De tant d'images si cruelles
Certes n'était point un berger!
Je comprends à présent qu'on ait laissé crouler
Ce monument de sa funeste gloire,
Qu'on chérisse peu sa mémoire,
Que tout conspire à l'effacer,
Et que celui dont les terribles armes
Firent répandre tant de pleurs,
Pour son ombre n'ait point de larmes,
Pour son tombeau n'ait point de fleurs.

DAMÉTAS.

Quel monstre! non content d'incendier nos villes,
Il ravageait nos campagnes fertiles,
Et broyait sous les pieds de ses coursiers fougueux
L'espoir des laboureurs, l'espoir des malheureux.
Sans avoir parmi nous jamais reçu d'offense,
Il jetait dans les fers nos aïeux sans défense,
Ou de leurs membres dispersés
Semait nos champs ensanglantés.
Puis, fier du succès de ses crimes,
Dans ses palais de marbre il s'en applaudissait,
Et là du sang de ses victimes
Tranquillement se repaissait.
Puis, pour éterniser sa gloire,
Il élevait ce tombeau fastueux,
Pour en transmettre la mémoire
Jusques à nos derniers neveux.

MILON.

L'insensé! l'insensé! Comme la destinée
A bien su déjouer ses orgueilleux projets!
Voilà sa cendre mélangée

A la fange de ce marais,
Et son urne à demi brisée
De reptiles impurs est l'immonde palais.
Quel spectacle d'horreur!... Quel spectacle risible!
Sur le casque tombé du haut du monument
Est assise aujourd'hui la grenouille paisible,
Et le long du glaive terrible
Le limaçon rampe tranquillement.

DAMÉTAS.

Ces lieux ne sont remplis que de tristes images.
Viens, je veux offrir à tes yeux
Un monument plus précieux
Et plus digne de nos hommages,
Celui que de ses propres mains
Jadis s'est élevé mon père.

MILON.

Dans nos hameaux même les plus lointains
Sa mémoire est toujours bien chère;
Aussi mon cœur sera charmé
Avec piété d'aller rendre
A cette vénérable cendre
Un hommage si mérité.

Tous deux alors traversent la prairie,
Où l'herbe épaisse et de nouveau fleurie
Appelle le faucheur pour la seconde fois;
Plus loin, au sortir d'un grand bois,
Ils trouvent une plaine immense
Où les épis déjà dorés,
En rangs nombreux, en rangs serrés,
Aux moissonneurs assurent l'abondance.

Plus loin encore, en avant du coteau,
Une maison spacieuse, riante
    Domine des prés où serpente
    Un frais et limpide ruisseau.
Derrière la maison, jusqu'au pied de la roche
  Qui la défend de la fraîcheur des nuits,
    Des arbres tout chargés de fruits
    A la récolte qui s'approche
    Promettent les plus beaux produits.
    Là, sous un dôme de verdure,
On apporte du miel, des gâteaux savoureux,
    Une amphore pleine d'eau pure,
    Une autre de vin généreux.

MILON.

Mais dis-moi, Damétas, où donc est, je te prie,
  Ce monument que tu m'avais vanté?
    Sur le coteau, dans la prairie,
  Mon œil en vain cherche de tout côté.
  Et cependant, au lieu de sacrifices,
A ce sage mortel toujours si vénéré
    Je voudrais offrir les prémices
    De ce vin que tu m'as versé.

DAMÉTAS.

Répands-les, mon ami, répands-les à sa gloire,
    Car ces champs, ces prés et ces bois
    Nous rappellent tous sa mémoire.
  Son monument, c'est tout ce que tu vois.
  Tout en effet est ici son ouvrage :
    Cette campagne était sauvage,
Et n'offrait aux regards que buissons hérissés ;
    Ces champs soumis au labourage

15

C'est lui qui les a défrichés ;
Ces arbres aux beaux fruits, à l'agréable ombrage,
C'est sa main qui les a plantés.
Ainsi toute cette abondance
N'est que la juste récompense
De tant d'efforts constants et généreux,
Et de ces biens la jouissance
Passera, je l'espère, à nos derniers neveux.
Ils pourront, ô plaisir extrême !
Quand avec leurs voisins ils seront réunis,
Comme aujourd'hui je fais moi-même,
En faire jouir leurs amis.

MILON.

Que ta mémoire soit bénie,
Homme de bien dont l'heureux sort
Fut d'être utile par ta vie,
De l'être encore après ta mort.
D'une famille vertueuse
Assurer la prospérité,
Faire sentir cette influence heureuse
Jusques à la postérité,
Est-il un bonheur comparable,
Est-il en toute vérité
Un monument plus vénérable
Et plus cher à l'humanité ?

LA CHANSON DU ROSSIGNOL.

—

Imitation d'un article du *Magasin pittoresque*, avril 1875.

———————

1ʳᵉ PARTIE : LA CHANSON DU PRINTEMPS.

Comme l'azur du ciel est limpide et profond !
    Comme il est pur l'air qu'on respire !
    La terre par un doux sourire
    Au sourire du ciel répond.
    Quand la prairie est émaillée
    Des plus éclatantes couleurs,
Un petit rossignol a caché sa nichée
    Dans les rameaux d'une aubépine en fleurs.
    Perché sur la plus haute branche,
    L'oiseau vers ses petits se penche,
    Et, pour égayer leur séjour,
    Sa voix, que pour eux il déploie,
    Entonne cet hymne de joie,
    De reconnaissance et d'amour :
    « Voyez comme la Providence
    » Pour vous est bonne, chers petits :
    » C'est elle qui, pour votre enfance,
    » Nous apprend à faire des nids;
    » Elle qui vous donne une mère
    » Attentive à tous vos besoins,
    » Qui pendant la journée entière
» Ne se lasse jamais de vous donner ses soins.

» Quand vous allez avoir des ailes,
» Qui loin des rives paternelles
» Vous porteront en des climats nouveaux,
» Vous verrez par toute la terre
» Combien Dieu se montre bon père
» Pour nous petits, petits oiseaux.
» Partout dans les bois, dans les plaines,
» Il fait pour nous mûrir ces graines
» Dont se chargent les arbrisseaux ;
» Et quand le soc ouvre la terre,
» Il en tire une armée entière
» D'insectes et de vermisseaux.
» Voyez combien la vie est chose douce et bonne !
» Gloire à ce Dieu qui nous la donne
» Et l'enrichit de dons toujours nouveaux ! »

Il se tait ; les petits du fond de leur retraite
Entendent chanter l'alouette,
L'abeille bourdonner près d'eux,
Le travailleur, d'une voie gaie,
Appeler par-dessus la haie
Son voisin comme lui joyeux,
Car, grâce à la saison nouvelle,
La moisson promet d'être belle,
Les arbres sont tout blancs de fleurs ;
Au doux espoir chacun se livre,
Et dit : ah ! qu'il est bon de vivre
Quand de la paix on goûte les douceurs !

2e PARTIE : LA BATAILLE.

Mais ce beau temps n'est plus ; emporté par l'orage
Au-dessus des cimes des bois,
Un épais et sombre nuage

Les fait frissonner sous son poids.
Depuis longtemps déjà notre jeune couvée
S'est dispersée aux quatre vents du ciel,
Et la feuille à l'arbre arrachée
Encombre le nid paternel.
Sur la branche autrefois si verte
L'oiseau demeure immobile, étonné,
Et sur la campagne déserte
Porte son regard consterné.
« Où sont ces laboureurs endurcis à la peine,
» Dont le travail, que rien n'a jamais arrêté,
» Même en hiver, de cette vaste plaine
» Animait l'uniformité ?
» Une charrue abandonnée
» Se rouille au milieu du sillon,
» Et de l'usine délaissée
» La haute et noire cheminée
» Ne vomit plus son tourbillon.
» Pourquoi personne dans les rues
» Du village qu'on voit là-bas,
» Et pourquoi ce matin les femmes éperdues
» Fuyaient-elles portant leurs enfants dans leurs bras ?
» Des bandes de corbeaux pressentant une proie
» Poussent en tournoyant de bruyants cris de joie
» Dont l'ensemble nous fait frémir ;
» Bien au-delà de la forêt profonde
» N'est-ce pas l'orage qui gronde ?
» Est-ce lui que j'entends venir ? »

Ainsi se livrait-il à sa triste pensée,
Lorsque du fond de la vallée
Surgit un groupe de soldats ;
De leur poitrine haletante
S'échappe une haleine brûlante

En poussant à force de bras
Un canon, ressource suprême
Que leur bravoure à l'instant même
Destine à de nouveaux combats.
Après de longs efforts enfin la lourde masse
Parvient à s'arrêter en place
Sur un terrain plus aplani ;
Le chef, de son regard rapide,
Explore ce terrain, et sa voix intrépide
Commande : Halte ! c'est ici.
Aussitôt la terre est creusée
Et forme, avec ordre entassée,
Devant eux un retranchement.
La pièce, déjà dételée,
A force de bras est roulée
Derrière cet épaulement ;
Sa bouche béante domine,
D'un habile calcul en observant les lois,
Le buisson vert où l'aubépine
Fleurit en face des grands bois.

Mais là-bas, là-bas, de leur ombre
On voit sortir en masse sombre
De nombreux soldats menaçants ;
L'épaisseur du taillis les a mis en désordre ;
Mais, à la voix des chefs, on les voit avec ordre
Se serrer en formant leurs rangs.
Feu ! crie alors le capitaine ;
Le boulet, au bout de la plaine,
Ricoche et fait à chaque bond
Dans les rangs un vide profond.
Mais du sein resserré de la noire colonne
Bientôt jaillissent mille éclairs ;
Devant elle le bronze tonne,

Fer et plomb sillonnent les airs;
L'obus, au bout de sa carrière,
Se brise, et, volant en éclats,
Dans une sanglante poussière
Renverse nos pauvres soldats.
L'un d'eux à peine au sortir de l'enfance
Crie en tombant : « C'est pour toi que je meurs,
    » Mais si du moins, ô chère France,
    » Si du moins nous étions vainqueurs !
» — Non, dit le capitaine, en cet instant funeste
    » Nous n'avons plus aucun espoir;
    » Mais un honneur du moins nous reste:
    » Nous avons fait notre devoir. »
Il dit, et tombe aussi sur la terre fumante.
    Le pauvre oiseau plein d'épouvante
    Déjà depuis longtemps a fui;
    Croyant, dans son âme attristée,
Que les beaux jours qu'il a vus cette année
Ne reviendront jamais pour lui.

3° PARTIE : L'ESPÉRANCE.

Le printemps de retour rapidement efface
    Sous le gazon et sous les fleurs
    L'horrible et douloureuse trace
    De nos combats, de nos fureurs.
    L'églantier fait fleurir sa rose
    Au-dessus du tertre où repose
    L'élite de ces fiers soldats
    Qui, foudroyés par la mitraille,
    Sur le sanglant champ de bataille
    Sont morts, sans reculer d'un pas.
    Sur sa roue à demi brisée

Le lourd canon est renversé,
Mais la terre s'est empressée
De couvrir d'un manteau son affût fracassé.
Entre ses flancs, entre ses jantes
Poussent et croissent mille,plantes
Qui l'entourent de toutes parts,
Et cette enveloppe fleurie,
Qui déjà le couvre en partie,
Va bientôt tout entier le soustraire aux regards.
Perché sur la plus haute roue,
Le rossignol chante et se joue
En voyant ses nouveaux petits,
Et dans l'aubépine fleurie,
Leur ancienne et douce patrie,
Bien d'autres ont refait leurs nids.
Sans s'arrêter sur chaque tige,
Le brillant papillon voltige
Légèrement de fleur en fleur;
La vie en tout lieu surabonde :
Il semble vraiment que le monde
N'a jamais connu la douleur.

Ainsi donc, me disais-je, ainsi donc la nature
Reprend ses droits toujours nouveaux ;
Ainsi les fleurs et la verdure
Croissent sans souci de nos maux;
Ainsi même la Providence
Semble se retirer de nous,
Et nous laisser sans assistance
Du sort subir les rudes coups.
Mais lorsque sous le poids de ces tristes pensées
Ainsi mon esprit s'affaissait,
Ses forces étaient ranimées

          Aussitôt que l'oiseau chantait.
Non, disais-je, de Dieu la juste providence,
Toujours prête à donner un bienveillant appui,
          Ne refuse son assistance
Que quand on le repousse et s'éloigne de lui.
          Nos angoisses et nos alarmes,
          Notre désespoir et nos larmes,
Les maux les plus cruels que nous puissions souffrir,
          Deviennent dans ses mains puissantes
          Comme les semences naissantes
          De notre bonheur à venir.
Le sang de nos martyrs n'est point une rosée
Que notre sol ait vue en vain le pénétrer;
Il doit être, il sera l'offrande consacrée
          Un jour à nous purifier.
          Pour eux, au lieu de la victoire,
D'un coup ils ont conquis la plus sublime gloire
          A laquelle on puisse aspirer,
          Car ils sont morts pour la patrie,
          Et, juge indulgent de leur vie,
          Dieu les a su récompenser.
Le dévouement obscur de la plus humble vie,
          Comme les exploits d'un vainqueur,
          Peuvent honorer la patrie
          Et concourir à sa grandeur.

          Ainsi germaient au fond de ma pensée
          Des sentiments nobles et généreux,
Comme l'herbe croissait sur la tombe sacrée
          Où dorment nos morts glorieux.
          La divine fleur d'espérance
          Par degrés s'épanouissait,
          Et plus le rossignol chantait,

Plus je sentais que la vaillance
Au fond de mon cœur grandissait.

Cher petit rossignol, qu'elle soit donc bénie
Ton utile et douce leçon !
Et, dans les peines de la vie,
Puissé-je ne jamais oublier ta chanson !

LA CABANE SUR LE LAC (1).

———

Dans ces temps reculés inconnus à l'histoire
　　　　Dont ils précèdent les récits,
　　　　Et dont quelques rares débris
　　　　Seuls nous transmettent la mémoire,
Dumnor, au bord du lac, sur de forts pilotis
　　　　Avait établi sa chaumière
　Qu'un pont étroit unissait à la terre,
Mais qu'on pouvait lever contre les ennemis.
　　　　C'est de là que sur sa nacelle
　　　　Le pêcheur part au point du jour,
Et c'est là que Camna, son épouse fidèle,
　　　　Chaque soir attend son retour.

　　Lorsque du lac la surface paisible
　　　　Réfléchit les feux du couchant,
　　　　L'attente devient moins pénible,
Et Camna joue et rit avec son bel enfant;
　　　　Puis quand sur le sein de sa mère,
　　Las de ses jeux, il vient se reposer,
　Par le récit des exploits de son père
　　　　Elle s'attache à le former;

(1) Cette pièce est une imitation d'un article du *Magasin pittoresque*
(août 1875) qui a fait entrer dans un récit animé quelques-uns des ren-
seignements fournis par la découverte des habitations lacustres de la
Savoie et de la Suisse.

Elle est sûre qu'en traits de flamme
Pour toujours dans cette jeune âme
Le souvenir s'en fixera,
Et, dans cette douce espérance,
Voyant son fils homme déjà,
Son tendre cœur jouit d'avance
Des hauts faits qu'il accomplira.

En effet, qui mieux que son père
L'enfant pourrait-il imiter ?
D'un bras plus fort qui sur la terre
Fait tomber le sapin altier ?
Qui peut avec autant d'adresse
Construire cette forteresse
Où femme, enfant, trésors reposent sans danger ?
Quel pêcheur, jeune ou vieux, d'une main plus habile,
Sait tendre ou lever des filets ?
Quel plus brave chasseur, quel coureur plus agile
Frappe ou poursuit les monstres des forêts ?
Des témoignages trop sensibles
Attestent des luttes terribles
Contre de rudes ennemis ;
Il porte le long de la cuisse
Une profonde cicatrice
Où loge le doigt de son fils.
Mais le fier sanglier qui fit cette blessure,
Frappé d'une atteinte plus sûre,
N'en fera plus d'autre au chasseur,
Et ses défenses arrachées
Forment l'un des nobles trophées
De la hutte de son vainqueur.

D'autres faits ont prouvé sa force et son audace :
L'enfant sur sa poitrine a reconnu la trace

Des griffes de cet ours qui, là, sur ce rocher,
Le saisit corps à corps et voulut l'étouffer ;
     Mais Dumnor, malgré sa blessure,
Vainqueur, a rapporté son épaisse fourrure,
Sur laquelle son fils se plait à se rouler.
Cependant, à l'aspect de ce monstre sauvage,
    L'enfant parfois se prend à s'irriter ;
Il le foule à ses pieds, le provoque, l'outrage,
      Puis soudain son naissant courage
      De près le porte à l'attaquer,
      Et son enfantine colère ·
      A grands cris demande à sa mère
      L'épieu dont il veut le percer ;
      Du poing au moins il le menace.
      Camna, que charme son audace,
Sent de joie et d'orgueil son cœur épanoui :
« Va, lui dit-elle, enfant, à l'égal de ton père
     » De toi je serai toujours fière,
     » Car tu seras un homme aussi. »

Dans ses bras protecteurs alors elle le presse,
      Et puis avec mainte caresse
      Elle le berce tendrement.
      Poussé par la brise légère
      Contre les pieux de la chaumière,
      Le flot se brise doucement.
Assoupi peu à peu par ce clapotement,
      L'enfant ferme enfin sa paupière,
      Et sur le beau sein de sa mère
      S'endort dans un calme charmant.

      Mais à présent, toute pensive,
Sans réveiller l'enfant qui dort entre ses bras,
      Son œil interroge la rive

Qui ferme l'horizon là-bas.
Là, derrière un haut promontoire,
Depuis longtemps la barque a disparu ;
Bientôt va venir la nuit noire,
Et Dumnor n'est pas revenu.
C'est que dans une anse écartée,
Pour trouver des poissons la troupe rassemblée,
Il faut aller bien loin, bien loin,
Tandis qu'au début de l'année
D'aller jusque là-bas il n'était pas besoin.
L'Esprit jaloux qui sous les eaux réside
Voudrait-il donc maintenant se venger
Du pêcheur au cœur intrépide
Qui si souvent vient le braver ?
Mais dans leurs retraites profondes
Vainement les poissons iront-ils se cacher :
Si loin qu'ils aillent sous les ondes,
Dumnor saura bien les trouver ;
Et tant que dans ses eaux limpides
Le vaste lac les nourrira,
Jamais au logis, les mains vides,
Jamais Dumnor ne reviendra.
Aussi de leur modeste aisance
Le cœur des siens est réjoui,
Et de sa rustique abondance
Naît un trafic profitable pour lui.
Et lorsque la saison nouvelle
Lui ramène avec l'hirondelle
Ces nomades au teint hâlé
Par qui le bronze est si bien travaillé,
En échange de leurs denrées
Il leur donne les peaux par sa main préparées
Et le poisson avec soin desséché ;
Il reçoit à son tour bien des objets utiles,

Des étoffes, des ustensiles,
Des armes même et des filets,
Puis, pour que sa femme en soit fière,
Des bijoux de bronze ou de verre,
Des colliers et des bracelets.

Tandis qu'en ces pensers elle est ainsi plongée,
La crainte du dehors ne trouble point son cœur;
Absent comme présent, de sa femme adorée
    Dumnor est le sûr protecteur.
    En vain le loup que la faim presse
En rôdant vient pousser un affreux hurlement;
    De la petite forteresse
Le pont est, au départ, levé soigneusement.
En vain le vagabond, jaloux de cet asile,
Lui lance en l'insultant des regards furieux:
Camna peut le braver, car sa rage inutile
Ne peut faire tomber un seul de ses cheveux.
    Les pêcheurs, quel que soit leur nombre,
N'osent de la cabane effleurer les poteaux,
    Ni même se risquer dans l'ombre
    Qu'elle projette sur les eaux;
Car de Dumnor la colère est terrible;
Nul de ses grands yeux bleus n'ose affronter l'éclair:
    On sait trop qu'il est impossible
    D'échapper à sa main de fer
    Lorsque ses lèvres frémissantes,
Par un sourire amer s'entr'ouvrant tout à coup,
    Laissent voir ses dents menaçantes,
    Blanches comme celles d'un loup;
Le plus brave pâlit, le plus brave frissonne,
    Quand il voit Dumnor courroucé.
    Oui, sa protection est bonne;
    Oui, son logis est bien gardé.

Si cependant à l'escalade
Quelqu'un osait s'aventurer,
Il trouverait sur l'esplanade
Camna prompte à le repousser.
Pour défendre son fils, au combat toute prête
Sa main hardiment saisirait
La hache qui fendrait la tête,
L'aviron qui l'écraserait.
Oh! combien elle serait fière
De montrer à son cher seigneur
La force de sa main guerrière
Et la vaillance de son cœur!

Mais elle devient anxieuse
Quand parfois, vers la fin du jour,
Une force mystérieuse
Semble de son époux empêcher le retour;
Quand un vaste nuage sombre
Sur le lac projette son ombre,
Dont le poids semble lui peser;
Quand tout à coup un vent rapide
Soulève sa face livide,
Dont les flots écumants semblent se hérisser.
Oh! si cet Esprit homicide
Qui jalouse Dumnor et ses hardis travaux,
Dans une embuscade perfide
L'avait entraîné sous les eaux;
Si son corps gisait tout humide
Parmi les joncs et les roseaux;
Ou si quelque animal sauvage
L'avait dans son sommeil surpris et dévoré;
Ou si, prenant son avantage,
Quelque lâche ennemi l'avait ainsi frappé,
Hélas! quelle douleur mortelle

Si désormais elle ne voyait plus
  Celui qui tout était pour elle,
Et qui seul remplaçait tous ceux qu'elle a perdus!
Le sort qui lui ravit et sa mère et son père
  A de même enlevé son frère;
  Elle n'a plus rien aujourd'hui;
  Qui donc, en prenant leur défense
  Contre la haine et la vengeance,
A la veuve, à son fils prêterait son appui?
  Faudra-t-il donc, dans l'esclavage,
  Servir quelque maître inhumain
  Dont la bouche vomit l'outrage,
  Dont la colère arme la main?
  Mais quelle plus cruelle épreuve
  Attend aussi son cher enfant!
  Pour le fils de la pauvre veuve,
  O ciel! quel mépris insultant!
« Toi qui, pour protecteur, n'as plus ici ton père,
» Diront d'autres enfants de lui d'abord jaloux,
  » Va trouver l'esclave, ta mère,
» Et ne t'avise pas de frayer avec nous. »
  Puis, lui jetant à la figure
  Quelque vieux reste de poisson,
  Un d'eux ajoute à cette injure
  La menace de son bâton.

Mais voilà qu'au milieu de ces tristes pensées
Camna voit un point noir sur le lac s'avancer;
C'est bien lui, c'est Dumnor, elle n'en peut douter;
Elle rit aussitôt de ses craintes passées.
  Pour lui, pour elle il n'est plus de danger;
De l'Esprit ennemi les colères rusées
N'ont rien pu sur celui qui sait les déjouer.
  Camna de l'œil mesure la distance,

Et son cœur calcule d'avance
Le moment où reparaîtra
Celui pour qui ce cœur respire,
Et dont le doux et fier sourire
A l'allégresse la rendra.
L'enfant, que son transport réveille,
Prête à l'instant même l'oreille
A quelques légers bruits lointains;
Rien qu'au visage de sa mère
Il sent l'approche de son père,
Et bat de ses petites mains.

———

SUJETS RELIGIEUX.

IMITATION DU PSAUME 138.

Vos regards, ô Seigneur, se sont fixés sur moi ;
De tout ce que je fais vous connaissez la cause ;
    Que j'agisse ou que je repose,
    Vous savez d'avance pourquoi.
Vous savez, de bien loin découvrant mes pensées,
    Par quel sentier je marcherai,
    Et des routes par vous tracées
    Celle qu'à la fin je suivrai.
Avant que sur ma langue arrive la parole,
Ce qu'elle exprimera vous est déjà présent.
Le passé, l'avenir n'ont pour vous qu'un seul rôle,
    Et ne sont pour vous qu'un moment.
    Quelle admirable connaissance
    De moi vous avez, ô Seigneur !
    Comment mesurer sa puissance ?
    Comment atteindre à sa hauteur ?
    A cette science infaillible
    Par quel moyen se dérober ?
    Loin de votre face terrible
    Où fuir, hélas ! où se cacher ?

Si je m'élève au ciel, Seigneur, je vous y trouve;
L'enfer, si j'y descends, l'enfer même vous prouve.
    Si, pour franchir les plaines de l'éther,
      Dès le matin je prends des ailes,
Et que j'aille chercher des demeures nouvelles
      Aux extrémités de la mer,
      Grand Dieu, c'est votre main puissante
      Qui dans les airs me soutiendra;
      C'est votre droite triomphante
      Qui jusqu'au but me conduira.

Et je disais : O nuit, reçois-moi dans tes ombres,
Appesantis sur moi tes voiles les plus sombres,
Peut-être ils couvriront mes criminels désirs.
      Mais la nuit la plus ténébreuse
      Devient une nuit lumineuse
Pour révéler mes coupables plaisirs.
      Oh ! oui, Seigneur, je le confesse,
La nuit pour vous n'a point d'obscurité,
      Et son ombre la plus épaisse
Pour vous du jour a la vive clarté.

      Mais, si de la toute-puissance
Je reconnais la terrible grandeur,
      Des merveilles de la clémence
      Je me sens pénétrer le cœur.
Car vous êtes, Seigneur, seul l'auteur de mon être,
      Et, bien avant qu'il ne fût né,
Vos regards avaient su déjà le reconnaitre.
      De mes reins vous êtes le maitre;
Le moindre de mes os ne vous fut point caché
      Lorsqu'en secret, dans le sein de ma mère,
      Comme au plus profond de la terre
Par votre main cet être fut formé.

Tous les hommes qui doivent vivre
Dans votre inaltérable livre
Par ordre sont inscrits déjà ;
Leurs jours, fils de votre puissance,
Y sont tous comptés par avance
Et nul d'entre eux n'y manquera.

De quelle façon admirable
Sont par vous, ô Seigneur, honorés vos amis !
Sur une base inébranlable
Comme leurs trônes sont assis !
Des grains de sable du rivage
Le nombre est par le leur de bien loin dépassé.
Je me lève avec eux ; comme eux avec courage
A tout jamais je vous suis attaché.

Mais, grand Dieu, quand votre vengeance
Sur les pécheurs fera tomber ses coups,
Loin, bien loin de mon innocence,
Hommes de sang, éloignez-vous,
Parce qu'au fond du cœur votre insolent langage
Des justes dit avec mépris
Qu'ils ne recevront point le brillant héritage
Que le Seigneur leur a promis.

Mais moi, moi, n'ai-je pas haï toute ma vie
Ceux qui vous haïssent, Seigneur ?
A l'aspect des complots de cette troupe impie
N'ai-je pas séché de douleur ?
Ce n'est pourtant que leur malice noire
Et non point eux que je maudis ;
S'ils sont pour moi des ennemis,
C'est qu'ils le sont de votre gloire.

Dans votre clémence infinie ,
Seigneur, interrogez ma vie ,
Et sondez de mon cœur les plus secrets replis ;
Si les sentiers que j'ai suivis
Ne m'ont point mené sur la voie
Qui conduit à l'iniquité ,
Faites que sans cesse je voie
Celle de l'immortalité.

HYMNE DU RENOUVELLEMENT DE L'ANNÉE :

Lapsus est annus; redit annus alter.

———————

Voici donc encore une année
Qui loin de nous fuit sans retour;
Voici qu'une autre est arrivée,
Pour finir bientôt à son tour.
Sur ses silencieuses ailes
Ainsi le temps de même emporte nos beaux jours;
Mais vous l'avez soumis à vos lois éternelles;
Vous seul, mon Dieu, réglez son cours.

Comblés de vos bienfaits, notre reconnaissance
Avec une humble confiance
Ose en implorer de nouveaux :
Puisse une longue paix nous donner l'assurance
De jouir désormais du fruit de nos travaux.

Que le chef de l'État, avec le cœur d'un père,
Soit à la fois prudent, ferme, juste, pieux;
Qu'il règne longtemps sur la terre;
Qu'il règne à jamais dans les cieux!

Ces aliments qui soutiennent la vie,
Seigneur, nous vous les demandons;
Tous ces maux qu'avec soi traîne la maladie,
Loin, bien loin de notre patrie

Repoussez-les, nous vous en supplions ;
Que votre puissance infinie
Comprime la licence impie
De nos fatales passions.

Ce pardon généreux que notre bouche implore,
Pourrons-nous l'obtenir encore ?
Oh ! ne nous le refusez pas !
Et que la palme de la gloire,
Après tant de rudes combats,
Soit décernée à la victoire
Qui nous a sauvés du trépas.

A ces autels, témoins de ce qu'ils vont entendre,
Un hommage nouveau doit vous être juré ;
Mais, ô Seigneur, par vous sera-t-il accepté ?
Vierge, mère de Dieu, mère pour nous si tendre,
Soyez le sûr garant de sa fidélité.

Détestant nos fautes passées,
Nous vous consacrons notre cœur ;
Donnez-nous, ô mon Dieu, de tranquilles années,
Et d'un père pour nous revêtez la douceur.

Pendant que courent les journées,
Et se succèdent les années
Dans l'ordre qui leur est fixé,
Que les louanges si bien dues
Partout et toujours soient rendues
A la suprême Trinité.

FÊTE DES RAMEAUX;

ENTRÉE TRIOMPHANTE DE JÉSUS A JÉRUSALEM.

———

Sur cette colline escarpée,
Qui soutient, au levant, les remparts de Sion,
Où court cette foule pressée,
En descendant au torrent de Cédron?
De Bethphagé sur l'autre rive,
Au pied du mont des Oliviers,
Quelle autre troupe aussi joyeuse arrive
En agitant des branches de palmiers?
Des deux côtés, même allégresse;
Chacun avec ardeur s'empresse
A recevoir Jésus comme un triomphateur
Qui, d'une contrée ennemie,
Au sein de sa belle patrie
Aujourd'hui revient en vainqueur.
Il a vaincu partout; la mort et la souffrance
Ont devant lui partout brisé leurs traits;
Écoutez les transports de la reconnaissance
A haute voix publier ses bienfaits.
L'un dit : De la paralysie
Sur moi pesait l'horrible poids;
Mes membres ont repris la souplesse et la vie,
Et c'est à lui que je le dois.
Moi, c'est l'usage de l'ouïe.

Moi, c'est l'usage de la voix.
Moi, de mes yeux fermés à la lumière
     Il a rallumé le flambeau.
     A moi, dit une pauvre mère,
Il a rendu mon fils qu'on portait au tombeau.
     Ma fille, dit un heureux père,
De son cercueil a volé dans mes bras.
Oui, oui, dit à son tour la foule tout entière,
     Partout il dompte le trépas ;
     En voici la preuve dernière
Que le scribe jaloux ne récusera pas :
     De deux sœurs l'ardente prière
     N'a point en vain imploré son secours ;
     Il vient de leur rendre leur frère
     Mort déjà depuis quatre jours.

C'est ainsi qu'au devant de Jésus qui s'avance
     Courent enfants, hommes, femmes, vieillards,
     Et leurs cris de réjouissance
Montent depuis Cédron jusqu'au pied des remparts.
     Dans le transport qui les anime,
Les uns des oliviers vont dépouiller la cime
Et joncher le chemin de leurs pâles rameaux ;
Mais d'autres, renonçant à leur propre parure,
Sur les aspérités de cette roche dure
     Étendent leurs riches manteaux.
Écoutez, écoutez tout ce peuple qui crie :
Gloire au fils de David ! gloire au divin Messie !
     Gloire au puissant libérateur !
A lui, pour tout jamais, nos cœurs et nos hommages !
     Qu'il soit béni dans tous les âges
Celui qui parmi nous vient au nom du Seigneur !

     Mais lui, sur son humble monture,
Voyez-le s'avancer, le front calme et serein ;

Sur sa douce et noble figure
Voyez briller un éclat surhumain.
Sur cette foule prosternée
Sa main avec grâce levée
Fait descendre du ciel la bénédiction.
O Sion, si souvent rebelle,
Demeure-lui du moins fidèle
Quand va venir sa passion !

Et nous, allons, allons de même
Au-devant de ce doux Sauveur ;
Que l'olivier nous soit l'emblème
De la paix céleste du cœur,
Et que la palme de la gloire,
Gage pour nous du vrai bonheur,
Soit l'emblème de la victoire
De notre esprit sur l'esprit tentateur !

LA FÊTE-DIEU.

———

Pour célébrer son Créateur,
La terre a revêtu sa plus riche parure ;
Partout plus que jamais resplendit la verdure,
Plus que jamais brille la fleur.
L'Église, dans l'ardeur de sa reconnaissance,
Par des hommages solennels
Veut, aujourd'hui surtout, honorer la présence
Du Dieu voilé sur ses autels.

Par des bras empressés les cloches ébranlées
De leurs éclatantes volées
Frappent au loin les airs joyeux ;
Mais le signal se donne, et lentement la foule,
En deux files rangée, hors du temple s'écoule
Dans un ordre religieux ;
Car cette marche est destinée
A rappeler en nous l'idée
De notre marche vers les cieux.
Aussi quel étendard nous guide ?
C'est cette croix, jadis signe homicide,
Signe aujourd'hui consolateur,
Qui nous apprend que la souffrance
Est sûre de sa récompense
Quand elle a pour but le Seigneur.

Après elle vient la bannière
Du saint et glorieux patron
Dont chaque jour, en sa prière,
La paroisse invoque le nom,
Pour que, dociles à l'exemple
Que nous ont donné ses vertus,
Avec lui nous puissions parvenir à ce temple
Où Dieu couronne ses élus.

De ses longs voiles blancs modestement parée,
Et concentrant en Dieu son cœur et sa pensée,
Voici que s'avance à son tour
La troupe si bien ordonnée
Des jeunes filles qu'en ce jour
Le Dieu puissant, le Dieu d'amour
Vient d'admettre à l'honneur de sa table sacrée.
Devant elles, en plis soyeux,
Ondule une blanche bannière.
Quel sujet y brille à nos yeux ?
C'est leur bonne, leur tendre Mère ;
C'est l'auguste reine des cieux.

Mais quelle autre troupe s'avance ?
Ce sont, espoir aussi du fidèle troupeau,
De tout jeunes garçons, les uns près du berceau,
Les autres de l'adolescence.
Les petits chez les *bonnes sœurs*
Trouvent de maternels asiles;
Chez de pieux instituteurs
Les grands ont à leur tour maintes leçons utiles.
Tous ensemble font dans les airs
Flotter cent étendards divers;
Mais celui qui tous les devance,
C'est celui de Joseph, ce zélé défenseur,

Ce juste, rempli de douceur,
Qui de Jésus lui-même a protégé l'enfance.
Et vous, enfants, enfants chéris ,
A Jésus soumettez vos cœurs et vos esprits ;
Voyez comme il vous a prêché l'obéissance,
Lui qui, déposant sa puissance ,
A ses parents était soumis.

Après tous ces enfants, une foule pieuse
Se développe sur deux rangs ,
Et d'une voix religieuse
Du docteur inspiré répète les accents (1).

Vrai Dieu, qui vous cachez à notre faible vue
Sous ces figures d'un moment ,
En tout soumise à vous mon âme confondue
Ici vous adore humblement.

Le toucher, le goût et la vue ,
Quand il s'agit de vous, se prononcent en vain ;
Mais seule votre voix, dès qu'elle est entendue,
Offre un témoignage certain.
A cet enseignement suprême
Quel pourrait être comparé?
Je crois tout ce que dit le Fils de Dieu lui-même,
Car lui-même est la vérité.

Seule sur cette croix qu'à présent on révère
Se cachait la divinité,
Tandis qu'ici, double mystère ,
Se cache aussi l'humanité.
Je les crois et je les confesse

(1) L'hymne *Adoro te supplex, latens Deitas*, composée par saint Thomas d'Aquin.

Toutes les deux également,
En demandant, Jésus, d'après votre promesse,
Ce que vous demandait le larron pénitent.

Que Thomas tienne à voir les blessures béantes
D'où coula tout le sang qui lava nos forfaits,
Moi, sans ces preuves convaincantes,
Pour mon Dieu je vous reconnais.
En vous j'ai mis ma confiance ;
Ah ! faites qu'en moi chaque jour
La foi de plus en plus croisse avec l'espérance ,
Qu'avec elles croisse l'amour.

O mémorial adorable
De la mort de notre Sauveur,
Pain vivant, à l'homme coupable
Tu rends la vie et le bonheur ;
Fais donc que mon âme ravie,
Ne vivant que de cette vie,
En savoure toujours l'ineffable douceur !

O pieux Pélican, de mes fautes passées
Que les traces soient effacées
Par le sang répandu pour me purifier !
Une goutte de sang sorti de tes blessures
Peut à l'instant de ses souillures
Laver le monde tout entier.

O Jésus, que sur cette terre
Je n'aperçois aujourd'hui que voilé,
Quand viendra mon heure dernière
Que mon ardent souhait soit par vous exaucé !
Puissé-je, en contemplant votre auguste visage ,
Où brille la douceur avec la majesté,

De votre gloire sans nuage
Jouir pendant l'éternité !

C'est ainsi qu'en chantant le cortége s'avance ;
Puis ses accents religieux
Par ceux des instruments aux sons harmonieux
Sont remplacés de distance en distance,
Et de temps en temps à son tour
Le son belliqueux du tambour
Du pas marque aussi la cadence.
Mais pourquoi donc ces armes, ces soldats,
Pourquoi cette pompe guerrière ?
C'est que le Dieu de paix, le Dieu de la prière,
Est aussi le Dieu des combats ;
Qu'à lui seul appartient leur gloire,
Que de lui seul vient la victoire
Qui ne dépend que de son bras.

Enfin, sous un dais magnifique
Que précède un clergé nombreux
Paré de vêtements pompeux,
S'avance, au bruit des chants, au bruit de la musique,
Le pasteur vénéré qui préside en ces lieux.
Dans ses mains qu'à longs plis une écharpe relie
Brille ce soleil d'or où sous une humble hostie
Se cache le maître des cieux.
Ce soleil n'est de lui qu'une bien faible image ;
Cependant tout s'émeut à son auguste aspect,
Et la foule sur son passage
Partout s'incline avec respect.

En devançant son arrivée,
Chaque maison s'est empressée
De se décorer de son mieux ;

Là c'est une riche tenture,
Ici des fleurs, de la verdure,
Avec cent emblèmes pieux.
A l'endroit où la rue offre un plus large espace,
Ou bien, plus loin encor, sur quelque grande place,
Un édifice gracieux
Doit, dans sa course à demi terminée,
Du roi de la terre et des cieux
Reposer un moment la majesté sacrée.

Du haut des degrés de l'autel
Le prêtre à tous les yeux montre la sainte hostie ;
La foule, à genoux, recueillie,
S'associe au chant solennel ;
Le tambour bat, le clairon sonne,
La cloche à coups pressés résonne,
Tous courbent en silence un front respectueux,
Tandis qu'avec ferveur sur le peuple fidèle
Du fond du cœur le prêtre appelle
La bénédiction des cieux.

Oui, Seigneur, que votre clémence,
Qui de nous pardonner ne se lasse jamais,
Fasse que, par sa repentance,
Ce peuple, hélas ! qui vous offense,
Obtienne de nouveaux bienfaits.
Rendez nos campagnes fertiles,
Comme elles bénissez nos villes,
Et jusqu'à vous pour parvenir,
O Seigneur, de votre loi sainte
Donnez-nous l'amour et la crainte,
Et la force de l'accomplir.

HYMNES DE LA FÊTE DE SAINT PIERRE ET DE SAINT PAUL (1)

[29 juin].

————

Glorieux princes de l'Église,
Enfin vous jouissez, dans la splendeur des cieux,
De la récompense promise
Aux athlètes victorieux.
Dans les travaux, dans la souffrance,
Vous avez partagé longtemps le même sort,
Et le genre de votre mort
Y mit seul quelque différence,
Quand d'un tyran cruel la sanguinaire voix,
Variant votre destinée,
Fit triompher Paul par l'épée,
Triompher Pierre par la croix.
Mais votre sang, source féconde,
Bientôt fait surgir dans le monde
Un peuple grand dès son berceau,
Et, déposant son altière couronne,
Rome déjà, Rome s'étonne
D'être soumise à ce joug tout nouveau.
Elle, dont l'aigle impérieuse
Fit, dans sa course audacieuse,
Fléchir le monde sous ses lois,

(1) Ces hymnes sont celles de l'ancien rituel de Paris. On a cherché
ici à fondre en une seule les idées contenues dans les deux.

Sent un pouvoir qui la domine ,
Et vénère, au plus haut de sa fière colline,
L'étendard sacré de la croix.
De ses Césars les cadavres superbes
Que dans son culte impie adora l'univers,
Sous leurs temples croulants, envahis par les herbes,
Pourrissent rongés par les vers ,
Et maintenant Rome se glorifie ,
O princes des martyrs, de posséder vos os,
Plus que jamais d'être ennoblie
Par les lauriers de ses héros.
Brillante de l'éclat de la pourpre nouvelle
Du noble sang qu'ils ont versé sur elle,
Maintenant, mieux qu'au temps de son empire altier,
C'est avec raison qu'on l'appelle
Reine du monde tout entier.

Et vous qu'un même jour vit dans la même gloire
Entrer ensemble dans les cieux,
Vous les illustres chefs du peuple bienheureux ,
Nous célébrons votre victoire.
Mais avant de quitter pour toujours ces bas lieux,
Sous les ordres du Christ vous fondez sur la pierre
Ce monument mystérieux
Dont il est la pierre angulaire ,
Et de votre vive lumière,
Brillants flambeaux, vous l'éclairez tous deux.
Le don des clefs, don de prééminence ,
A Pierre seul est accordé ;
Mais du torrent de la science
Paul à son tour est inondé.
En tous deux le monde vénère
Un pasteur, un docteur, un père ,
Un juge, quand le monde un jour sera jugé.

Tous deux pourtant avez prouvé
Combien, hélas ! la chute est trop facile
Pour notre faible humanité,
Tous deux avez de notre argile
Éprouvé la fragilité.
Mais vous avez obtenu grâce ;
Nous aussi nous la demandons ;
Avec une bonté qui jamais ne se lasse
Écoutez-nous quand nous vous supplions :
Puissions-nous, recevant le pardon de nos crimes,
Pardon qu'au repentir Dieu lui-même a promis,
Conformer notre vie à ces dogmes sublimes
Que votre voix nous a transmis.

IMITATION

DES DEUX HYMNES EN L'HONNEUR DE SAINT HILAIRE,
fondues en une seule.

Depuis qu'aux lois de cette Église,
Mère de tant de nobles cœurs,
La fière Gaule s'est soumise,
Abjurant ses dieux imposteurs,
A notre généreux Hilaire
Qui pourrait être comparé ?
Du divin fils de Dieu le père
Quel défenseur plus assuré ?
Que d'autres vantent sa naissance,
Sa grave et touchante éloquence,
Et les talents divers qui l'ont si haut placé ;
Son plus brillant titre de gloire,
C'est d'avoir puissamment secondé la victoire
Du dogme qu'à Nicée on avait proclamé.
En vain l'enfer, dans sa furie,
Fait mille efforts pour l'ébranler ;
Avec adresse l'hérésie
En vain tente de se cacher ;
Au fond de son obscur repaire
Le regard lumineux d'Hilaire
Fait pénétrer la plus vive clarté,
Et de ce Christ, objet de leur rage croissante,

Plus que jamais sa voix puissante
Affirme la divinité.
Partout il signale son zèle ;
Partout, dès que la foi chancelle,
Il raffermit jusqu'aux pasteurs ;
Ou, tour à tour changeant de rôle,
Du glaive d'or de sa parole
Il chasse au loin les loups dévastateurs.
Sa doctrine, source limpide,
Emporte dans son cours rapide
De nos sillons le limon empesté,
Et, sous ce pasteur intrépide,
Les égarés, troupe timide,
Reviennent au bercail sacré.

Si sa mitre, il est vrai, n'a point été rougie
De son sang versé pour son Dieu,
Les soucis, les travaux, les dangers de sa vie
Du martyre lui tiennent lieu.
Lorsque les sages de la terre
Tremblent de braver la colère
De quelque prince redouté,
La faveur, la ruse, le crime,
De notre athlète magnanime
N'ébranlent point la fermeté,
Et, quand d'un empereur la fureur le menace,
D'un ton toujours plus haut sa généreuse audace
De la divine foi maintient l'intégrité.

Aux ordres d'un tyran animé par la haine
Cédant enfin, avec un courage nouveau
Il part pour une terre étrangère et lointaine,
Abandonnant malgré lui son troupeau.
Pleure, pleure, Gaule chérie,

De te voir enlever ton père et ton pasteur ;
    Et toi réjouis-toi, Phrygie,
  De cette foi qu'en vain on humilie
    De posséder le défenseur.

    Oh! mais quelle vive allégresse
  Dans tous les yeux éclate à son retour !
  De quelle ardeur tout son peuple s'empresse
    De célébrer cet heureux jour !
Après tant de combats soutenus avec gloire,
Après tant de lauriers donnés par la victoire,
Voyez combien encore il cueille de lauriers !
    Soutenu par la main divine,
    A la pure et saine doctrine
    Il soumet des peuples entiers.
Mais toi surtout, mais toi qui l'as choisi pour maître,
    Humble et glorieux saint Martin,
    C'est à toi qu'il a fait connaître
  De la vertu quel est le vrai chemin,
    Et de quel pas ferme et rapide
    Il faut, avec la foi pour guide,
    Marcher vers notre unique fin.

Et toi, noble prélat, sois-nous aussi propice,
    Toi qui de près, au haut des cieux,
    Du divin soleil de justice
    Contemples l'éclat radieux.
    Obtiens que ce Verbe suprême
    Fils de Dieu par toi proclamé
    Daigne nous enseigner lui-même
    L'inaltérable vérité.

IMITATION

DES HYMNES DES HEURES DITES CANONIALES (1).

HYMNE DE LAUDES.

Mortels, louez le Dieu dont les neuf chœurs des anges,
Inclinant devant lui leurs fronts respectueux,
Dans d'incessants transports, font monter les louanges
    Jusqu'à son trône radieux.

La poussière a senti sa parole féconde;
Il vous en a tirés, vous nourrit, vous soutient.
Un signe de sa tête a fait naître le monde,
    Un signe en ordre le maintient.

L'impiété, l'erreur, qui n'ont su le connaître,
Se sont créé des dieux, idoles sans vertu.
Nous, nous n'avons qu'un Dieu, seul auteur de son être;
    A lui seul tout hommage est dû.

---

(1) Ce sont les prières que l'Église catholique espace de trois heures en trois heures à partir du point du jour, et qu'elle nomme *Laudes, Prime, Tierce, Sexte, None, Vêpres* et *Complies.*

A quel plus noble emploi pourrions-nous donc prétendre
Qu'à chanter ses grandeurs, à célébrer ses dons?
Que nos bouches jamais ne cessent de lui rendre
  Les grâces que nous lui devons.

C'est ainsi qu'au milieu des délices sacrées,
Seul objet des désirs des habitants des cieux,
Leur voix pleine du Dieu qui les a prodiguées
  Éclate en cantiques joyeux.

HYMNE DE PRIME.

———

Le lever du soleil nous ouvre la journée ;
Demandons au Seigneur par des vœux suppliants
Que lui-même, lui seul la lumière incréée,
      Il guide nos pas chancelants.
Oh ! que de tout méfait soient toujours préservées
      Et notre langue et notre main !
Oh ! puissent ne jamais s'égarer nos pensées
      Vers rien de faux, vers rien de vain !
      Sur nos lèvres sans artifice
      Que règne la sincérité ;
      Qu'en nos cœurs avec la justice
      Règne toujours la charité !
Tandis que de ce jour la course nous emporte,
O Christ, qui tiens sur nous tes yeux toujours ouverts,
      De tous nos sens garde la porte
      Qu'assiége un ennemi pervers.
      Que notre tâche journalière
      A faire que l'on te révère
      Puisse fidèlement servir ;
      Que, grâce à toi, toute entreprise,
      A ton impulsion soumise,
      A son but puisse parvenir ;
Et, pour que de la chair la superbe licence
Ne puisse triompher de l'esprit abattu,

Fais que toujours la tempérance
A son orgueil oppose sa vertu.
O Dieu, qui de ton Verbe as toujours été père,
Et toi, Verbe, son fils, son égal éternel,
Esprit-Saint, leur égal, que comme eux on révère,
Qu'à vous trois, un seul Dieu, soit hommage immortel.

HYMNE DE TIERCE.

Esprit, source d'amour, saint auteur de tout bien,
Fais que de ton amour notre cœur se remplisse;
Toi du Père et du Fils le sublime lien,
Fais que la charité de même nous unisse.

HYMNE DE SEXTE.

L'astre éclatant du jour, dans sa course assurée,
    Déjà brille au plus haut des cieux,
Et de sa robe d'or en entier déployée
    Lance mille traits radieux.

O Christ, seul vrai soleil, splendeur toujours nouvelle
    Par qui le monde est embrasé,
Fais qu'en croissant toujours notre amour nous appelle
A ce jour dont l'éclat n'est jamais limité.

HYMNE DE NONE.

    D'une course précipitée
Déjà le jour descend vers son déclin;
    D'une course non moins pressée
La vie ainsi se hâte vers sa fin.
Tandis que sur la croix, ô Christ, sauveur du monde,
    S'ouvrent tes bras pour l'accueillir,
Fais-nous aimer ta croix, dans une paix profonde
    Entre tes bras fais-nous mourir.

HYMNE DES VÊPRES.

Dieu qui, dans la splendeur de ta majesté sainte,
Te rends inaccessible à nos trop faibles yeux,
    Toi devant qui les anges pleins de crainte
      Voilent leurs fronts respectueux ;

    Une profonde nuit sur notre triste terre
      Fait peser ses voiles épais,
Mais du jour éternel la puissante lumière
      La dissipera pour jamais.

      Oui, c'est là ce jour sans nuage
      Que tu nous réserves, Seigneur,
Ce jour dont le soleil, dans toute sa splendeur,
      N'offre qu'une imparfaite image.

Oh ! quand brillera-t-il, au gré de nos transports,
Ce beau jour sans couchant que notre espoir appelle !
Mais, pour y parvenir, il nous faut de ce corps
      Laisser la masse criminelle.

Lorsque vers toi, Seigneur, elle pourra voler,
      Libre de ce poids qui l'oppresse,
      Notre âme alors pourra sans cesse
      Te voir, te louer et t'aimer.

Prédispose à tout bien et nos cœurs et nos têtes,
      En dons féconde Trinité ;
      Aux jours si courts que tu nous prêtes
      Fais succéder l'éternité.

HYMNE DES VÊPRES DE L'AVENT.

Dieu, dont nous implorons la bonté paternelle,
Oh ! laisse-toi fléchir par nos regrets amers ;
　　Jusques à quand Sion gémira-t-elle
　　　　Du poids écrasant de ses fers ?

Des temps marqués par Dieu le cours enfin s'achève :
　　　　Acheté par tant de délais,
　　　　Enfin du haut du ciel se lève
　　Ce jour brillant, objet de nos souhaits.

Frappés du coup fatal que leur transmit leur père,
Les fils d'Adam devaient hériter de son sort,
　　　　Et l'humanité tout entière
　　　　Gisait dans l'ombre de la mort.

Hélas ! comment, après une chute si dure
　　　　En réparer l'effet fatal ?
　　　　Où trouver un remède égal
　　　　A la grandeur de la blessure ?

Le monde sans secours devra-t-il donc périr,
　　En s'écroulant sous le poids de son crime,
　　　　Et l'homme, fatale victime,
　　　　Ne naîtra-t-il que pour mourir ?

O Dieu , cet homme est ton ouvrage ;
Descends de ton trône éternel :
Seul tu peux rendre à ton image
Ses traits et son lustre immortel.

Cieux, répandez votre rosée ;
Nuages , épanchez le divin rédempteur,
Et que la terre ainsi fertilisée
De son sein entr'ouvert enfante son Sauveur.

Au Fils qui s'est fait chair pour racheter le monde ,
A son Père, à l'Esprit leur amour éternel ,
A tous trois, Trinité féconde,
A tous trois hommage immortel.

HYMNE DES VÊPRES DE LA FÊTE DE NOËL.

———

Sur l'homme enseveli dans l'ombre de l'erreur
Se lève tout à coup une vive lumière :
L'univers étonné voit d'une Vierge mère
    Naître un enfant, Dieu créateur,
    Qui, pour descendre sur la terre,
    Lui-même abaisse sa grandeur.

Dieu, fils du Dieu dont tout proclame la puissance,
    Tout à la fois son égal et son fils,
En naissant d'une femme il veut à la souffrance
    Comme nous tous être soumis.
Source d'où se répand la lumière éternelle
    Dont les flots inondent le ciel,
Il vient, sous les dehors de notre chair mortelle,
    En voiler l'éclat immortel.

    Ses bras emprisonnés de langes
    Soutiennent tout le poids des cieux;
Il vit d'un peu de lait, lui qui de tous les anges
    Est à jamais le pain délicieux.
L'orgueil avait causé notre chute mortelle;
    Dieu nous relève en s'abaissant,
    Et lui-même il se fait enfant
    Pour devenir notre modèle.

18

Que dans tout l'univers règne ce nouveau roi,
Avant ce dernier jour, jour d'angoisse et d'effroi,
Où nous devrons trembler sous sa main vengeresse.
Sans armes maintenant, il ne veut qu'être aimé ;
        Cher enfant, pour tant de tendresse,
Fais que mon cœur pour toi d'amour soit enflammé.

        Que gloire soit rendue au Père,
        Au Fils, qu'à l'égal on révère,
    Au Saint-Esprit, leur lien immortel.
        Enfant-Dieu, que par ta puissance
        Renaisse la douce espérance
        De notre salut éternel.

HYMNE DE COMPLIES.

———

Le jour finit, la nuit commence sa carrière,
Nous te remercions, Seigneur, de tous tes dons,
    Et devant toi notre prière
    Monte en humiliant nos fronts.

Tout le mal qu'a commis cette longue journée,
Il faudra l'expier par l'amer repentir,
Pour que, dans le sommeil qui va l'appesantir,
Notre âme ne soit point de nouveaux coups percée.

Sans cesse autour de nous des lions menaçants
Cherchent une pâture à leurs gueules cruelles;
    O Père, à l'ombre de tes ailes,
    O Père, défends tes enfants.

Oh! quand viendra ce jour de splendeur infinie
    Qui ne connaît que le midi!
Oh! quand se donnera cette sainte patrie
    Qui ne connaît point d'ennemi!

POITIERS. — TYP. DE A. DUPRÉ.